たぶん　だいじょうぶ

引田かおり

大和書房

はじめに

一説では12万年ぶりの暑さと言われた２０２３年の夏は、人間の体温を超える気温と高い湿度でまさにサバイバルな７、８月でした。

夏でもこれだけは譲れない朝風呂に入る習慣のある私にとって、お風呂上がりは、これはきれいな汗と自分に言い聞かせながらも汗だくです。用意した着替えの中にあるブラジャーになかなか手が伸びません。後にしようと、ふわっとした涼しいワンピを着て、とりあえずやり過ごす毎日でした。

ところがこの後でつければいいというブラジャーが、私のだいじょうぶに大きく関わっていることを思い知らされたのでした。涼しいうちにスーパーへ行っておこう。あ、ブラジャーしてない……。昼食後、あれこれ用事を書いたメモ書きを前に、明日でもなんとかなるかなぁ……。とにかく出かけることが億劫《おっくう》になり、冷蔵庫にあるものと乾物で食事をなんとかしようとしたり、なんでも後回しにする私らしくない自分がいるのでした。

だいたいブラジャーって最初にするものだから、服を着てしまってからつけるのは相当面倒です。少し汗をかいてしまったタンクトップだって着替えるべきか迷うところです。お風呂上がりに髪を乾かして、うっすらお化粧して、ピアスもつけるのに、ブラジャーしてないだけで堂々と外を歩けないなんてびっくりです。きっと誰も気にしてないし、誰からも気づかれないのに、一人でこんなに萎縮してしまう私がいます。ああ、今さら気がつくブラジャーの大事な役割と存在感。好きにするぞと決めてから、好きにするために自分のまわりをいろんなだいじょうぶで守り守っていたんだと気がつきました。学級委員みたいな堅苦しい自分がまだまだ健在です。

　ちゃんと出来てない、出来なかったことが、後悔という棘《とげ》になって私の心に刺さっています。でも、ベストを尽くした、頑張ったと自分が思うことで長年の棘を少しずつ抜くことが出来てきていると思います。仕事を持つお母さんたちの追い詰められている自己否定や、いろんなことがうまく回っていない人の苛立《いらだ》ちを見たり聞いたりするうちに、私が解決できることは少ないけれど、たぶんだいじょうぶだよと思ってあげることはできるなと思いました。渦中《かちゅう》にいるときはわからないけど、時が過ぎて、すごく大変だったけど、「なんとかなったなぁ」って思う時が来ることを信じてみてほしいと思いながら原稿を書きました。ブラジャーしてるから堂々と姿勢よく出かけられる。それでいいじゃないですか！「たぶん　だいじょうぶ」の言葉は私のお守りです。そしてこれがあるからだいじょうぶと思えるものや言葉や人にいっぱい助けてもらいましょう。同時にあなたの言動に救われる人もきっとたくさんいるはずですから。

『たぶん　だいじょうぶ』目次

60歳からのだいじょうぶ

だいじょうぶになる暮らし方

いい未来の予感

60歳からのだいじょうぶ

お湯をたっぷり沸かしましょう

私の持論ですが、よく観察してみるとお湯をたっぷり沸かす人と、少しの水の量にしてすぐ沸かしたい人と二通りの人がいるようです。

たっぷり沸かす人は、たいてい次の人や他の人のことを考える人で、ちょっぴり派は人は人と思っているタイプかな。

たっぷりお湯が沸いていれば、調理した鍋やフライパンにじゃっと入れたり、流しにかけて殺菌消毒したり、冷めてもゴクゴク飲める美味しい湯ざましに、いろいろいいことあるのになぁと、私は断然たっぷり派です。

家族やまわりのことを気にかけてきた60年。還暦になってやめたことは何ですかと聞かれて、一番に思いつくのは「人の心配」(笑)。

どんな人もその人の人生を一生懸命生きていて、みんなだいじょうぶなんだと、ようやく心の底から思えるようになりました。

だから問題を解決するのを手伝うんじゃなくて、ただ話を聞いて寄り添えばいい。

自分も疲れてしんどい時は何もできず、話が聞けなくてもいいんだと思えるようになりました。

なんとなく相談オーラが出ているなと感じても、「また今度ね」とスルーする、そんな術も覚えました。

お湯はたっぷり沸かしますが、何よりも自分のことを一番に考えます。

「私」はどうしたい？　って。

そういう意味ではぐるっと還暦過ぎてから、本当に楽ちんで楽しい毎日。

私たち世代は基本真面目で勤勉な人が多いから、ハメをはずしたって、たかがしれてるんだと思います。

ドロドロの恋愛や不倫も小説や映画の中で十分です。

「私」を最優先したところで、その変化に誰も気が付かない程度のことなんだと思います。

なんだか損な役回りでしたが、これからしっかり取り戻すことが出来るはず、いいひとや優しい人を目指さず、いい意味でのわがままな人になろうと、本気で思っています。

正しさよりも楽しさを

「人脈があるのに実は人が苦手です」。

もうびっくりしました。ゲッターズ飯田さんの占いサイトに私の情報を入れたら、出てきた私の性格を言い当てるコメントなのです。

親友でもなければ親戚でもない人にすっかりバレてる私の本質。

人が苦手というよりは、わいわいおしゃべりするのも楽しいんだけど長くは続かず、しばらくすると一人になりたくなるんです。

それが苦手ということなんだよと一人ツッコミ。

もてなしたい気持ちが強すぎて、疲れちゃうのかもと自己分析するも、こう占いではっきり言われると、元々私が持っている質《たち》なんだろうなと妙に納得できた気がしました。

もはやそれは気を使わないはずの家族に対してでさえもそうなんですから、もっと自覚するべきことかもしれませんね。

自分のことってわかっているようでわかってなくて、頭の中では似合うはずの洋服も実際に着てみるとイメージと全然違ってがっかりしたりします。

ぼんやり鏡を見ている自分も老眼鏡をかけた途端《とたん》、別人かと思うほど。

取材していただいて、届いた掲載誌を見るたびにがっくりうなだれてしまうのが現実です。だからでしょうか、コロナ以降リアルな展らん会よりもｗｅｂが増えたんですが、大変よりもあれ？　楽しいぞと思いました。

お会いして、お話しするのも楽しいことですが、届いたご注文メールに返信して、お振り込みを確認し、梱包《こんぽう》して発送する方が私には向いているのかもしれません。

大昔、絵本屋でアルバイトをしていた時も、クリスマスの繁忙期はひたすらギフトラッピング、発送する毎日でした。

楽しそうに山のようなラッピングをする私についた呼び名が、「ラッピャー引田」、包装紙で手がカサカサになってもルンルンだったのを記憶しています。

そしてその占いの来年のアドバイスが「止しさよりも楽しさを」。

どこまでも私をサポートしてくれるゲッターズさんのコメントでした。

お腹に「マリモ」を飼っています

応援するってお金を出すことだよねって。

きっぱりの物言いが気持ちのいい友人の一言です。

ああ、スッキリ。きれいごとばかり言ってないで、こういう直球コメントに深いところで共感して、笑い飛ばせる友人が身近にいることが本当に有難い。

夫の言動もかなりそれに近いけど、何故でしょう、夫に同じことを言われても素直になれない時が多々あります。そこはそうだねでいいんじゃないとよく言われるから、共感温度がかなり低いんだろうな。

とにかく人それぞれ考え方も感じ方も違っていて、だから面白いと思える余裕のある時と、信じられない、一ミリもわからないと落胆絶望したりする時がありませんか。

突然訪ねてきた久しぶりの友人と、大いに昔話で盛り上がった後、おもむろにカタログが出てきて、勧誘だったのかとガッカリしたり。宗教関係の本をプレゼントされて、えっいつからそうだったのとびっくりしたり。

NOといえる大人になっても後味の悪さは拭《ぬぐ》い去れません。

でも自分が信じているいいものを紹介したかったんだなと少しだけ理解することは出来ます。だって私も「愛用品」なんて展示を企画したり、使ってよかったものを通販したりしているから、他人ごとじゃないでしょと反省しきり。とってもいいものに出会うと黙っていられない性分《しょうぶん》だから、お節介だということは重々自覚しています。だからこそ、その内容によっては人を不快にさせてしまうこともあると肝《きも》に銘じることが大事だと思います。

こうしてなんでも自分のことに置き換えて一喜一憂してしまう面倒臭い私だということは、もうお気づきですね。一つでもボタンを掛け違えていたら、私も向こう側の人間になっていたかもという思いを払拭《ふっしょく》できません。お腹の底にいつも「あなたはどうなの？」って問いかける何かが住みついているのです。

ピラティスを習っている時に、先生にこの話をしたら、ふふ〜ん、たぶんお腹《なか》にマリモがいますねって。そう言われてから、北海道へ行った時お土産で持ち帰ったマリモがお腹にいるような気がしています。湖底に沈む小さなマリモが不誠実な私を見逃してくれません。だからこそ、本質をついた辛口コメントをすこ〜んと言い放ってくれる友人に胸がスカッとするのでした。

不調と仲良くなってみたりして

うまくいかないこと、たくさんあります。体調がイマイチな日もいっぱいあります。

そんな時の自分なりの処方箋をたくさん用意しておきましょう。即効性はなくても、時間と共にいつの間にかそこから抜け出すことができているはずです。

基本いつもご機嫌な夫と暮らしていると、ちょっと何だか冴えない気分の時、不機嫌になる自分が反省を通り越してすごくダメな人に思えてきてしまいます。ああ、全然やる気が出ない、今晩は簡単な夕飯にしようと手抜きしても、いつも本当に美味しいなぁ、お前のご飯は最高だよとウルトラ級の褒め言葉。いじけた私は素直に喜ぶことが出来なくて、ふ〜ん、こんなのでいいんだと、口には出さないけれど意地悪なコメントが次々と浮かんできてしまいます。優しい夫で良かったはずなのに、自分がいてもいなくても変わらない高いテンション。今、絶不調ですとアピールしても夫には全然響かず、会話が弾《はず》む夫にますます無言になる私。

でも最近は、いちいち反応する夫じゃなくて良かったなと強く思います。

相手の状態に関係なく（ここが大きなポイントです）言いたいことを言って、自分のペースを崩さない。相手に同化しないからいつもご機嫌でいられるんですよね。

今年は久しぶりに展らん会をやりました。コロナ以降、不安な状態が続いたので無理に開催せず、ここはきっぱりオンラインに切り替えようと割り切った三年でした。

パン屋は食卓のライフラインだという思いで、できる限りの対策をして実店舗とオンラインの両方で営業を続けました。正解の見えない中、いろんな情報が錯綜《さくそう》して考え方や行動に選択が迫られる難しい三年でしたね。

ギャラリーを開くと、いろんな方をお見かけします。どこかで見たことのあるような、よく知ってる自分みたいな人に会うのです。きりりと結ばれた口元からはちゃんとしなくちゃという緊張感が伝わってきます。何よりも先に不安や心配を思いつく目元は少し悲しげです。それは「だいじょうぶだよ」と言って、ぎゅっと抱きしめたくなる昔の私そのものなのです。

心配や不安がまず浮かぶのは変わらないかもしれないけど、明るい方を見るようにしていつもご機嫌な人のそばにいると、プチ、プチッとその不安を消せるようになりますよ。力んだ肩の力を抜いて、ふ〜っと深呼吸で心配を吐き出すんです。

そしてまず第一に、明るい笑顔を心がけてくださいね。

のんきだった実家暮らし。ご飯が出てくるのも、洗濯物が出来上がるのも当然のことでした。「カゴに入れたら洗濯されるのが当たり前と思わないで」と母に言われたのを覚えています。こうして私の結婚前の暮らしは間違いなく誰かのおかげで成り立っていたのでした。結婚した途端、家事担当の役割が自分一人に回ってきました。片付けてもご飯を作っても夫の帰宅は遅く、私は一体何をやってるんだろうと思う毎日、そこは暗く長いトンネルの入り口でした。

妊娠や出産で大きくホルモンバランスが乱れることも、今では誰もが知っている当たり前のことですが、当時はみんなが普通に出来ていることなのに、私は根性なしで我慢が足りないんだと自分で自分を追い込んでいたと思います。だれも褒めてくれず、昇進も昇給もない家事と育児をどうやったら続けられるんだろう。そこで私が編み出したのは「自分のために家事をやる」というモチベーションでした。

私にとっての家事とは

干しっぱなしのまま、そこから取っても構わない洗濯物を畳んでしまう、ベッドを整えてベッドカバーを掛ける、そのどれもを自分の気持ち良さのためにやる、という意識改革です。

　そして出来る範囲で自分のやりたいことをやるという行動を即実践しました。

　まずはマタニティスイミングなどない時代、妊婦ですがスクールに入れてくださいと直談判し、めでたくレッスンが始まりました。場所が近所にあるホテルのプールだったのでもちろん美味しいレストランのランチ付きで。

　誰かのためにと思いがけない力が出ることも確かにありますが、あなたのためは同時に私はこれだけやっているのにと相手への不満につながったりするんです。子育ても「あなたのため」と言いながら自分の理想や要求を投影していたりしますよね。

　自分のために、自分が好きでやっているということさえぶれなければ、本当に清々しい毎日です。家族の中の誰かが時間に余裕があったり、片付けが好きだったり料理が好きなら毎日が気持ち良く回っていきます。私はたまたまその役割が好きでした。

　褒めてもらいたい、評価して欲しいと思うモチベーションは力にはなりますが、それが目的になると終わりのないスパイラルに飲み込まれてしまいます。

　忙しくてなんで私ばっかりと思う時、でもこの仕事、この暮らしが好きなんだよなぁって原点に帰ることを心がけています。

病気になっても、病人にはならない

60歳を過ぎて、これからもっと元気になれそう、そう思えたのは、自分自身が考える「元気」「健康」という状態の輪郭が明確になり、自分基準ができたことがとても大きいと思います。

ひとつ目は、病院へ行っても病名の付かない不調に悩みながら模索した長い時間の中で、肉体と精神のバランスがとても大切だということに気が付いたから。

体は想像を超えていろんな要素が複雑に絡《から》み合っていて、そのバランスをたくさんのホルモンが整えてくれているということを知ったことが一番大きかったと思います。

血液検査によって足りていないものを、なるべく自然由来のもので補うと、確実に大きな不調が消えていきました。不安や心配、ドキドキワクワクや大きなストレスも適切なホルモンの分泌が出来ていれば、バランスが崩れないよう、調整出来ているんだそうです。

ふたつ目は私に合ったパーソナルトレーナーに出会えたことです。

私は人やモノ、場所などから影響を受けやすい体質であることをまず自覚できました。

それを必要以上に怖がらなくても、歪《ゆが》みを整えながら筋肉をつけたり体を鍛えることで少々のことは跳ね返せるようになれることを学んで、ずいぶん強くなれました。

自分の体に歪みがなければ、自分のセンサーがちゃんと働いて正しい選択が出来るんです。それは何があっても誰かのせいにするのではなく、ああ私歪んでいたな、弱っていたなという受け止め方にもつながりました。

でも、もし強力な念みたいなものが飛んで来たら、それは手に負えないので現代の陰《おん》陽師《みょうじ》、トレーナーさんに祓《はら》ってもらいますけどね（笑）。

なんと言っても現代の医学でさえわかっていないことばかりなのだそうです。

先日もとびきり元気な友人が検査してみたらひどい貧血と低血圧だったことが判明したというから、周りのみんなもびっくりです。だって誰よりもパワフルで、朝だって5時前に起床して一日フル回転、貧血と低血圧仕様の暮らしとは全く真逆なんですもの。ある意味数値に負けてないというか、自分の感覚優先で生きてきたのでしょう。本当に素晴らしいことだと思います。

病気になっても病人にならない。これからの生き方の指針でもあります。

自慢じゃないけど、
よく気がつくほうです

先日も孫たちを預かってお風呂に入れて着替えさせていたら、下着のパンツがパツパツ。早速大きいサイズを買ってそっと届けておいたところ、「買おうと思ってたら家にあるから、えっデジャブ？　私注文したんだっけ？」と娘に驚かれました。ピンと来たら、後回しにせず即行動するのでとっても驚かれることが多々あります。大人に囲まれた幼少期、それは私の生きる術《すべ》だったのかもしれません。ぼんやりなんてしていたらいないも同然になってしまい、注目してもらえません。

昔の大人たちはとても忙しく子供に構ってなんかいられない時代でしたから。我が家は商売をしていたから余計です。

というわけで大層気が利く大人になりました。

それはいいこともたくさんあるけど、大勢でいると大層くたびれてしまいます。

いつも先回りして用意周到。頭のメモリーはもはや容量オーバー気味です。物忘れやうっかりが増えてきた夫ターセンにますますチェック項目が増える毎日。

でね、ある時息子に言われたんです。

お母さんが歳をとってぼんやりしてきたら、面倒くさい人になるねって。

あれはどうなってる？　これはどうした？　と気になることばかりで、自分で出来ない分、人への要求がどんどん高まるんじゃないかと。

今は自分でやった方が断然早いからなんでもやっちゃって済んでいますが、それが出来なくなった時、きっと周りが大変になるんだろうなぁって。

そう考えた時、大真面目に私のこれからの課題は「ゆるく」なのでした。

まいっか……を増やしていく。気が付いても全部自分でやろうとせずに、やりたいことを優先して、まかせられることは人の力を借りるようにする。

常識や義理人情に縛られない。私にとってなかなか難しいことですが、かわいく歳をとれるように、ここは肝に銘じて修正するべき点だと思っています。

喜怒哀楽って体力使います

若い人たちに囲まれるのも楽しいことなんですが、最近どこへ行っても最年長。

その点、夫はゴルフへ行くと若輩者扱いなんだとか。80を超えてゴルフにくるくらいですから強者《つわもの》揃い、70代はまだまだ若いと言われてちょっといい気分なんだとか。なかなかない貴重な環境かもしれません。

ところがプレイの前半が終わって昼食タイムになると、なぜかみんな黙々と食べるだけでほとんど会話をしないそうです。初めましてという4人だったりするからかもしれませんが、夫の見解はみんなきっと体力を温存してるんだと思うとのこと。後半に備えて無駄なエネルギーはなるべく使わないんじゃないかというのです。

そう言えば、私も何か聞かれても詳しく説明する気力がなくて面倒くさかったり、まいっかと聞こえないふりをしたりすることが最近増えてきました。

そう、喜怒哀楽って本当に体力使うんですよね。

もともと私はぜんぜん涙もろくないし、怒りもあんまり長続きしません。これは無意識に体力を温存しているのかもしれませんね。

よく喋る人はよく食べる、よく食べる人は基本ものすごく元気というのが私の持論です。

それでも取材となれば「私」に集中して質問が飛んでくるので、全力でお答えしています。テンション上げて、サービス精神全開、言わなくていいことまで言ってしまって疲労困憊《こんぱい》。なかなかの重労働なんですよ。

でも有難いことに本を出させていただいたおかげで、ベースとなる情報やわたしの傾向を理解してからの企画となるので、説明する部分がかなり減って、とても楽になりました。この場を借りて御礼申し上げます。

夫も娘も孫たちも本当によく喋る。時々うるさいと言われても喋り続け、よく笑ってよく泣きます。そして、彼らが持っている高いエネルギーのお陰で、その場がパッと明るくなるのがわかります。

高いエネルギーに影響されて、私もなんだかモリモリ元気になったりするのです。

時々はそういうエネルギーのおこぼれをいただきながら、疲れすぎない程度に喜怒哀楽を出していこうと思っています。

向こう岸まで泳ぎ切ろう

神様が大海に落としたラピスラズリの絵の具が広がっていくように暮れていく夕方の空が好きです。

刻々と変わる藍《あい》のグラデーションは見飽きることがありません。ふと他の用事に気を取られているとさっと幕が引かれたように夜の闇に包まれてしまうんだけど。

そんな時はよく子供たちが小さかった頃のことを思い出します。放っておけなくて口を出しすぎたなぁとか、泣きじゃくる子供にここぞとばかり正論をぶつけたなぁと、後悔がちくちく胸を刺したりします。

でも自分を責めるのとは少し違って、ただその事実をなぞることで、私なりに一生懸命だったなぁとなんだかしみじみするのです。

あの頃、兄弟なのに兄ばかり可愛がるお母さん、いつも偏差値の話ばかりのお母さん、いろんなお母さんがいたけれど、あの子たちはどうしているかしら。

いつの時代もそれぞれが正しいと思う子育てを一生懸命やっています。正解のない世界をもがきながらなんとか向こう岸まで泳いで辿《たど》り着きたい、みんながそう思って生きているのは間違いないこと。

親子といえどもそれは人間関係、大人になってもやっぱり難しいのが人間関係。親子でも夫婦でも学校でも会社でも、なんとか落とし所を模索しながら、荒々しい泳ぎの人の波をかぶり、時には脇腹を蹴ったり蹴られたり。

でも決して悪いことばかりじゃなくて、誰かとお腹を抱えて大笑いしたりできるのです。

人の言動に傷つくこともあるけれど、それを癒《いや》してくれるのもやっぱり人なんですよね。

時には泳ぐのをやめて空を見上げながらぷかぷか浮いてみたりするのもいいですね。ボートのヘリにつかまったっていいはずです。

探せばいろんな方法で向こう岸まで行けそうで気持ちが楽になりました。

さぁて今日の夕飯何にしよう。友人から届いたアスパラを春巻きの皮でくるくる包んでカリッと揚げて、ふるさと納税で取り寄せた北海道のアサリを酒蒸ししようかな。

お腹がぐうっと鳴っていれば美味しくご飯が食べられて、元気がモリモリ湧いてくるはずだから。

ゆるめてゆるめて　柔らかく

コントってな〜に？
人を笑わせる劇のことだよ。
残酷ってな〜に？
すごく悲しくて大変なこと。

小学一年生になる孫との会話は、当たり前に使っている言葉の意味をかみ砕いてわかりやすく説明する練習で、とても頭を使います。
説明しながらいつも思い出すのは、井上ひさしの名文です。

むずかしいことをやさしく　　やさしいことをふかく
ふかいことをおもしろく　　おもしろいことをまじめに
まじめなことをゆかいに　　そしてゆかいなことはあくまでゆかいに

いいでしょう！　まさに知性とはこういうことだと膝を打つ素晴らしい言葉です。

知ったかぶりを気取って、横文字いっぱいの説明だったり、相手を否定するような物言いだったり、怖がりな小さな犬がよく吠えるような攻撃的な言動は慎《つつし》みたいものです。

私の手足はいつも冷たくて、冷え性とくくられます。ここはこうしたら治りました、改善しましたとお伝えしたいところですが、何をやっても一向にポカポカの手足にはなりません。運動するとか、体を温める食事をするとか、そういうことも大事だと思いますが、このところ自分の「硬さ」みたいなものが原因の一つかもしれないなと感じています。

身体的な硬さはゆるめるのがむずかしく、下手にやるとギクっと危なそうですが、考え方をゆるめるというのはなんとなくやれそうな気がしませんか。

むずかしい言葉や表現で知識をひけらかす堅苦しい私をやめて、平易なわかりやすい言葉を使う、柔らかい私。

しょうがないなぁとか、まいっかとやり過ごせる柔軟性。骨のまわりの筋肉や血管も柔らかくてしなやかなイメージを持つようにしてみます。イメージできることは実現するとよく言われていますが、どうしてもそんな無理無理、と足を引っ張りたがる硬い自分が確かに存在しているのです。そんな時はゆかいなことを一層ゆかいに、正しいより楽しいをと自分に呪文をかけています。

飲み込んだ感情は どこへ行くんでしょう

春夏秋冬、毎朝決まって飲むのは温かい紅茶です。嬉《うれし》野《の》の無農薬、太田さんが作る和紅茶を定番に、他にもいろいろなところのいろいろなお茶を飲み比べています。

ガラスのポットにその日の気分で茶葉を大さじ山盛り一杯。しゅんしゅん沸いたお湯をなるべく高いところから勢いよく注ぎます。こうすることで茶葉がジャンピングしてより一層美味しいお茶がはいるのだとか。持ち上げたやかんの口からポットまで、お湯が一直線のトンネルのようです。

ここで思い出すのが科学の時間に教わった表面張力。なぜお湯が暴れることなく一直線に注がれるのか。またコップになみなみと入れた水、その水位を超えて盛り上がっているのになぜこぼれてしまわないのか。

これこそが表面張力という力が働いているからなのだということを教わりました。やかんはまだしもコップの水は、あともう一滴注がれた途端崩壊してあふれ出ます。

その不思議な力を見るたびに、もしかすると私というカラダの入れ物の内側で溢れ出そうな感情や不健康という要因が、表面張力という力でギリギリなところで止まっているかもしれないと思うことがあります。

花粉症になるのも、花粉の許容量がいっぱいになってあふれ出るというのが原因だとしたら、あふれ出るギリギリのコップの様子がなんとなく想像できて恐いですね。

自分の感情の本当のところに蓋《ふた》をして、なんでも良かったことにすり替えていると、いつかどどっとあふれ出そうな気がしてなりません。

悲しい時にしっかり悲しまないと、その悲しみがぐるぐる体を巡ってしまう感じでしょうか。

かと言って嬉しいことは素直に喜べても、悲しいとか悔しいとか怒りを吐き出すのはまだまだ私にとって苦手分野です。自分の体の感情表面張力が機能している間に、なんとか小出しにできるようになって、ガス抜きできるようにしたいと思っています。

あきらめない私がいます

どうでも良いことと、良くないことがはっきりしている方だと思います。

物事にあまり執着のない方だと自負しておりますが、時々自分でもしつこいなぁと思うことがあるんです。

特に夫の身のまわりのことに関しては相当しつこい私です。

何故だか夫は私の提案を一度断るというクセがあります。

これ食べる？　↓いらない。

これがいいんじゃない？　↓違うな。

こうしたら？　↓今はいい。

普通だったらもういいや、勝手にすればってなりますよね。聞かれたから答えたりしても、好きにさせてくれ、独《ひと》り言なんだなんて言われる始末です。

でも何故だか私はあきらめずに絶対こっちの方が似合う、今が一番美味しいんだよと繰り返し力説してしまうのです。ほんとしつこいなぁと言われながら……。

長い時間をかけて、ようやく耳を傾けてくれる夫になりましたが、まだまだ油断は禁物です。団塊の世代の夫は女子供の言うことなど聞くものかという化石のような根っこがあって、どうしても一度は否定してしまうんだろうなと自ら認めています。

私は私で、なんでも自分の思い通りにしたいというのとはちょっと違って、こっちの方がいいと思うことを黙っていられない、ほうって置けないのです。

一度や二度違うと言われても、絶対いいと確信があるから言い続けてしまいます。

もちろん手を替え品を替え、いろいろな角度から言う工夫はしますよ。

若い人たちと雑談すると、たいてい同居人とのコミュニケーションに悩んでいることが多いです。誰しも自分の好き勝手気ままに仕事して、思い通りに暮らしていきたいですよね。でもこの壁にぶつかるというのが人と暮らすということの一番の醍醐味なのです。押したり引いたり、我慢したりわがまま言ったり、そうすることでしか見えてこない自分というものがあるのです。どうすれば気持ちよく暮らせるのか、どうすれば自分の言うことに耳を傾けてもらえるのか。仕事は上下関係がはっきりしていますが、家庭は平等であって欲しいところ。

だからこそ、あきらめがいいよりしつこいくらいじゃないと理解が深まりません。自分が感じていること、共感も違和感もどんどんぶつけていきましょう。強弱つけながら。

良い嘘と悪い嘘

悩みごとのほとんどは人間関係に集約されそうです。

同じ言動でも相手の心持ちや受け取り方でずいぶん違ったものになりかねません。

最近私が気になるのは、なんでも本当のことを言った方がいいのかということです。

嘘をつかないことが素晴らしく、真実にこそ価値があるということでは、人間がロボットと変わらなくなってしまうと思っています。

「嘘も方便」っていい響きですね。なんとなく嘘だろうなぁと気がついても、さらりと流せる大人の余裕。そんな懐《ふところ》の深さも生きる知恵の一つです。

彼に振られて悲しくて会社を休みます、と言うより、熱が出て体調が悪いのでと言ってもいいんじゃないかな。そんな匙《さじ》加減《かげん》は教科書や学校では学べません。

家庭の食卓でいろんな話をしたり、たくさんの本を読み映画を観て、自分で考え、そのニュアンスを体得するものなのです。

決して嘘ですべてを塗り固めるのではなく、ここは人間関係の潤滑油と捉《とら》えてみてはいかがでしょうか？

何事も正解不正解の白黒ではなくグレーなゾーンを持っておく。だって正解は国や時代、習慣によって本当にそれぞれ、変化するものなのです。

その都度悩み、考え反省しながら、自分の大切なものを磨いていくことが成長するということだと思います。

私はずいぶん長いこと「私は間違ってない」というのが一番守りたい砦《とりで》でした。

今思うと、簡単にポキンと折れそうな「私」でしかありません。

でもある時から「私は間違うかもしれない」そう意識して方向転換してみると、まわりの空気がふんわり柔らかくなって、肩の力が抜けました。

うっかりやぼんやりが増えてきた年の功とも言えますが。

自分は絶対正しいという思いが争いごとを生み出すのは、世界を見渡せばわかることです。

大きな嘘をつかなくてもいいように、小さな可愛い嘘を小出しにしましょう。

嘘とうまく付き合える人は、真実にちゃんと向き合える人だと思っています。

それとこれとは別ですか？

おしゃれな人が持っていて、ずっと欲しかった迷彩柄のトートバッグを買いました。

今まで二の足を踏んでいたのは、迷彩柄と言えば戦闘服、そんな柄のものを着たり持ったりすることにすごく抵抗があったからです。

頭に余計な二文字が付く真面目な私が、これからはもっと幸せに生きようと決めたことは、まず自分を許すことと、そして自分に制限をかけないということです。

買えない理由は、どんなことがあっても戦争は反対と思っている自分が、迷彩柄のバッグを持ってもいいのかということだったんです。

他にも大人気のスポーツブランドの創始者が深くナチスドイツと関わっていたとか、人気のスポーツカーのデザイナーは戦車も作っていたとか……ね。

大好きな作家やデザイナーが、凄《すさ》まじく人間的に欠落した生活破綻《はたん》者だったりすると、その作品さえどんどん色褪《いろあ》せてしまうのでした。

わたしの周りはそれはそれ、これはこれと考えられる人がほとんどで、なかなか共感してもらえず、笑われたりすることも多々ありました。

そうそう、思春期に遠藤周作の『沈黙』を読み、信仰のために踏み絵を踏めず命を落とす多くの人々のことを思い、恐れ慄《おのの》いたのを覚えています。命をかけるほどの信念を私は貫けるだろうかって。私だったら……。

今の私は、神様ごめんなさいと一応謝って、踏むと思います。私が信じる神様はきっと許してくれるはずですから。

正義は決して一つではありません。その時その時、よくよく考えて行動することが大切です。他を全否定しているといつの間にかそれが自己否定につながってしまうかもしれません。

人も世界も多面体、清濁《せいだく》併《あわ》せて成り立っているのではないでしょうか。

これからは少しずつ、それとこれとを分けて考えてみようと思っています。

迷彩柄のトートバッグは服を選ばず、買って良かったと思えるバッグでした。

灯されてキラキラ輝いていたロウソクたちが、朝見るとすっかり精気を失い、しょんぼりして見えることがあります。精彩を欠いたロウソクたちは夕暮れがやってくるのをただじっと待っているかのようです。

掃除機をかけて整えた部屋に西日《にしび》が入り、その日差しの中に埃《ほこり》やチリがキラキラ舞うのを見た時のやるせない感じ。

制服やチームのユニフォームを着ている時に感じた素敵なドキドキが、私服になった途端魔法が解けてちょっとがっかりするあの感じ。

そのもの自体何も変わっていないのに、時間や角度で受け取る気持ちに差があります。

普段人と話している時のテンションの私と、取材を受けてカメラに収められた私とではきっとまるで別人かと思うくらい違うのかもしれません。

本を出して内面の葛藤をいろいろ書いてから、「意外でした」と言われたりします。

それは夫もいて娘や息子もいて、パン屋やギャラリーをやっている、やれているという現在の情報で大切に守られて、すくすくと好きなことをやって問題なく人生を過ごしてきたんだろうなという解釈からの意外性だと思うのです。

よく言われることだけど、どんな人もたたけばホコリやほころびの一つや二つ出てくるのは間違いない。でもそういうふうに受けとられていたことを今はよろこびに変えることができるようになりました。どう見られるか気にしていたら自分の人生を自分らしく生きるなんて多分無理だと思うんです。

役割をもらって着火され、キラキラ燃えるロウソクも、ユニフォームを着て仕事モードに切り替わる時間も、そうじゃない時だってどれも本当だと思います。

気を抜ける場所、オフになる時間、きっとそういうものがあってこそ輝けるんじゃないかと思う今日この頃。

無口でも不機嫌でも自分にＯＫ出していきましょう。

日が暮れて火をつけてもらうロウソクのように、私があなたが輝けるその時にキラキラすればいいんだと思っています。

不安なことはなんですか？

医療がどんどん進歩して、将来死ねない時代が来ると怖い話を聞きました。死ぬまで元気でいたい、健康でいたいというのが私の一番の願いです。やっぱり心配の筆頭は迫り来る老いとの付き合い方です。子供の頃のことを考えても、現代の50代60代はずいぶん若々しくなりました。栄養もいいし、家事も負担が軽減し、アンチエイジングの化粧品も豊富です。

先日目にした新聞の記事に、年をとらない秘訣は「きょういく」と「きょうよう」だとありました。これは教育、教養ではなく、「今日行く所」「今日する用事」で「きょういく」「きょうよう」なんだそうです。確かに人と会ったり仕事があるとしゃんとしますよね。でもそんなスケジュールが一生続く人は稀《まれ》なのではないかしら。な〜んにも予定がない退屈で暇な一日をどう過ごすか、その練習はしておいたほうがいいかもしれませんね。

私たち夫婦はせっかちで短気です。思い立ったらすぐやらないと気が済まない。のんびりダラダラが一番苦手な高齢者です。

思いがけず50代の後半で一軒家に引っ越しました。どこへ行くにも徒歩圏内の便利な場所です。ということは、買い置きの必要がなく、思い立ったら八百屋でも米屋でも郵便局でも花屋でもさっと出かけることが出来ます。しかも住まいが一階なので出かけることが億劫《おっくう》じゃない。朝ほどほどに身支度が出来ていれば、百貨店だってへっちゃらです。

これが私たちには本当に良かったことです。たとえスケジュール帳が真っ白白でも、慣れてしまえばなんとかなります。掃除や洗濯、片付けてたら午前の時間はあっという間。それからちょこちょこ出たり入ったりしながら、自分で作ったご飯を食べて、時々えいっと模様替えしたり、断捨離に励んだり。

ゆるやかにタイムスケジュールを調整出来るっていいなと思っています。一人前の立派な大人を目標にいろいろ学べても、老いについてはほぼ独学に近いです。年の離れた夫と帳尻を合わせるためにも、これからは不健康に生きるべきなのかもしれないなぁとか、これればかりは神のみぞ知る未知の世界。あれこれ悩んでも仕方ない、先人たちが繰り返し言う、今に集中することがきっと大事なんだと思うことにしました。

何にも予定の無い日、そんな毎日を自分のご機嫌をとりながら過ごせるようになることが、遠くへ行くことも、人とワイワイするのも苦手な私のこれからの大きな課題なのです。

私のだいじょうぶを支えてくれるもの

「お米」

安曇野 コシヒカリと琺瑯のメジャーカップ

パンも好きだけど、いい素材のものを時々でいい。その点お米はやっぱり間違いなく私のソウルフード。ご近所の「麦わら帽子」で２kgを精米してもらいます。精米したてのほかほかのお米、幸せです。

炊飯器はTIGER一筋。ご飯茶碗は島るりこさん。

「睡眠」

気持ち良い寝具たち

睡眠の質が話題になって久しい今日この頃です。まさに歳とともに眠りが浅くなっている実感があり、快適な寝具を研究中です。風合いや肌触り、品質をチェックしながら季節ごとに工夫を重ねています。

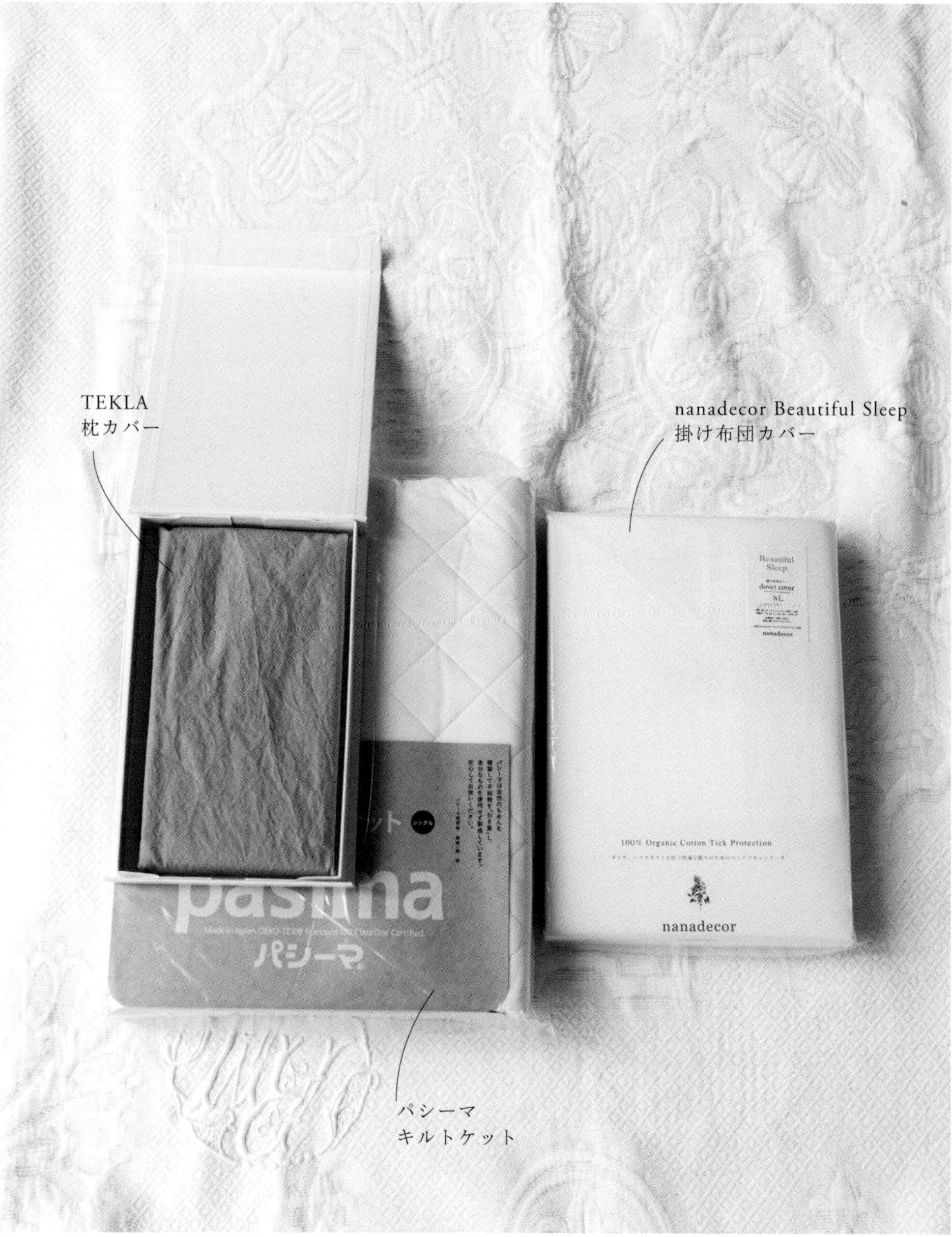

掛け布団カバー／特殊技術でダニをシャットアウトする、すぐれものです。シーツ／キルトケットをシーツにしています。何しろ乾きが速い！　枕カバー／毎日洗濯する枕カバー。キレイな色を選びます。

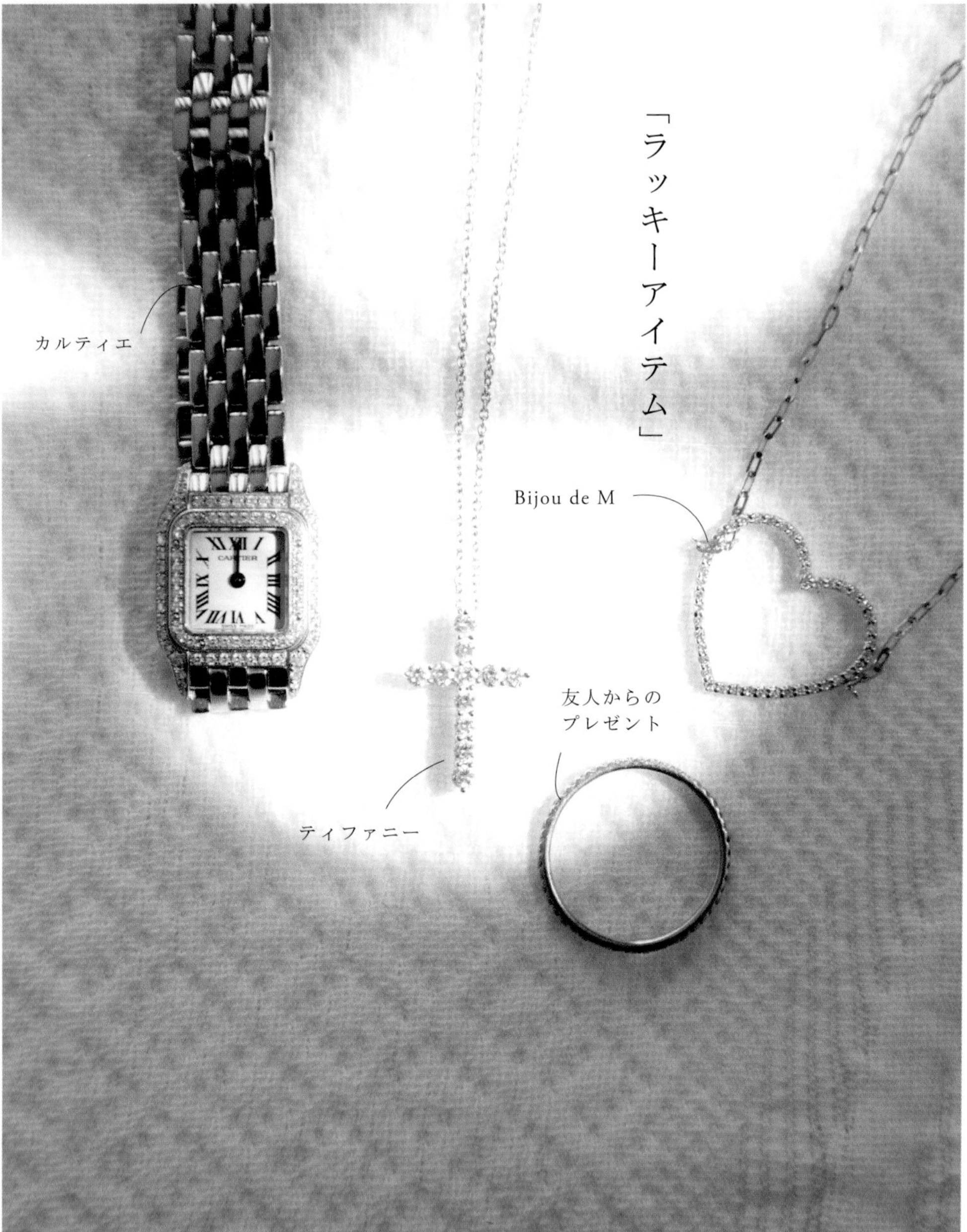

ラッキーアイテムはダイヤモンド

地球が生み出す様々な石には特徴があって、ダイヤを身につけると仕事をサポートしてくれるそうです。もともとキラキラしたものが大好きなので、打ち合わせや撮影、展らん会の時は必ず身につけています。

ピアスはnoguchi、宮沢りえさんが何かのCMで付けていて、真似して買ったもの。時計はカルティエ、ベニュワールという名前はフランス語で「バスタブ」という意味。

「掃除」

MQ-Duotex のモップ

以前はキッチンペーパーで玄関を拭いていましたが、このモップに替えてからスイスイ快適になりました。モップの肢《え》が伸縮するので天井四隅の蜘蛛の巣や玄関ドアなどいろんな所に届いて便利です。

「美しいもの」

左から
松岡ようじ／ガラスのオブジェ、高橋禎彦／コップ、とりもと硝子店／片口ピッチャー
ガラスのものは見て美しく、使って気持ちよく大好きなアイテムです。小さくても存在感のあるガラスの塊には蜜蝋ロウソクやお気に入りのアクセサリーを。ピッチャーやグラスは飲みものが特別美味しくなります。

若い人を応援したい　料理家 kaonn にしもとかがりさん

同じ吉祥寺に住んでいながら、出会ったのはつい最近のこと。三種類の海苔を使った「のり弁」に感動したのを皮切りに、料理を習ったり、食事会を自宅でお願いしたりしています。なんとも心休まる上品な味はお人柄そのものです。

若い人を応援したい　花屋hibi 久野恭子さん

選ぶ植物がまさに私の好みのもの。つい最近自宅近くに移転して新装開店、ますます足繁く通っています。fève shopでの通販をお願いしたところ、大人気アイテムになりました。明るくてガッツのある彼女との仕事は本当に楽しい時間です。

私の好きな本たち

読書が好きですが、蔵書にする本はほんの少しだけ。しかもお気に入りを人にあげちゃうことも多いので何度も買ったりしています。著者の文章はもちろんのこと、装丁のたたずまい、紙の質感、企画から出来上がるまでの時間を想像しながら読んでいます。

『Colorful』
黒田泰蔵
プレコグ・スタヂオ

『みどりの王国』
写真 戎康友
文 鈴木るみ子
青幻舎

『みみを
すますように』
酒井駒子
ブルーシープ

『リーチ好き』
山本教行
今井出版

『at Home』
上田義彦
リトルモア

こうして好きな本を並べてみると、私は心のどこかで「より善く生きるためには」といつも自分に問いかけ、その答えを探しているのかもしれないなと思いました。星野道夫さんがアラスカへ導かれたように　鈴木るみ子さんがイギリスの庭に魅了されたように人生でやるべきこと、まだ見えていない世界があぶり出しの文字のように本になっていると感じるのです。ページをめくる先に広がる未知の世界。私はいつも本に勇気と希望をもらっています。

「リズム」

朝昼晩の食事は決まった時間に

朝の掃除洗濯が終わったら、ちょこっと夜用に煮物を作ったり差し入れ用にきんぴらやひじきを煮たりしています。朝ごはんが軽めなので12時集合の昼食はお腹がぐーぐー鳴って腹ペコです。今日は明太子スパゲッティ。バターたっぷり、レモンをかけていただきます。

「香り」

香炉とお香

桐島かれんさんが麻布のご自宅でハウスオブロータスをされていた頃、そこで古い香炉を購入しました。玄関の重鎮です。

お香は松栄堂の「芳輪」。お客様の30分前に火をつけて。いらした方達にいい香りと喜んでいただいています。

キャンドル　Aesop ／ボッテガ／ MANSIKKA NO6

ほのかなロウソクの灯火が大好きです。香りの付いたキャンドルは好きな香りなのか見極める難しさがありますが、お気に入りに出会えたら百人力です。特にMANSIKKA NO6は食事を邪魔しない香りとして調合されたものだそうで気に入っています。

「運動」

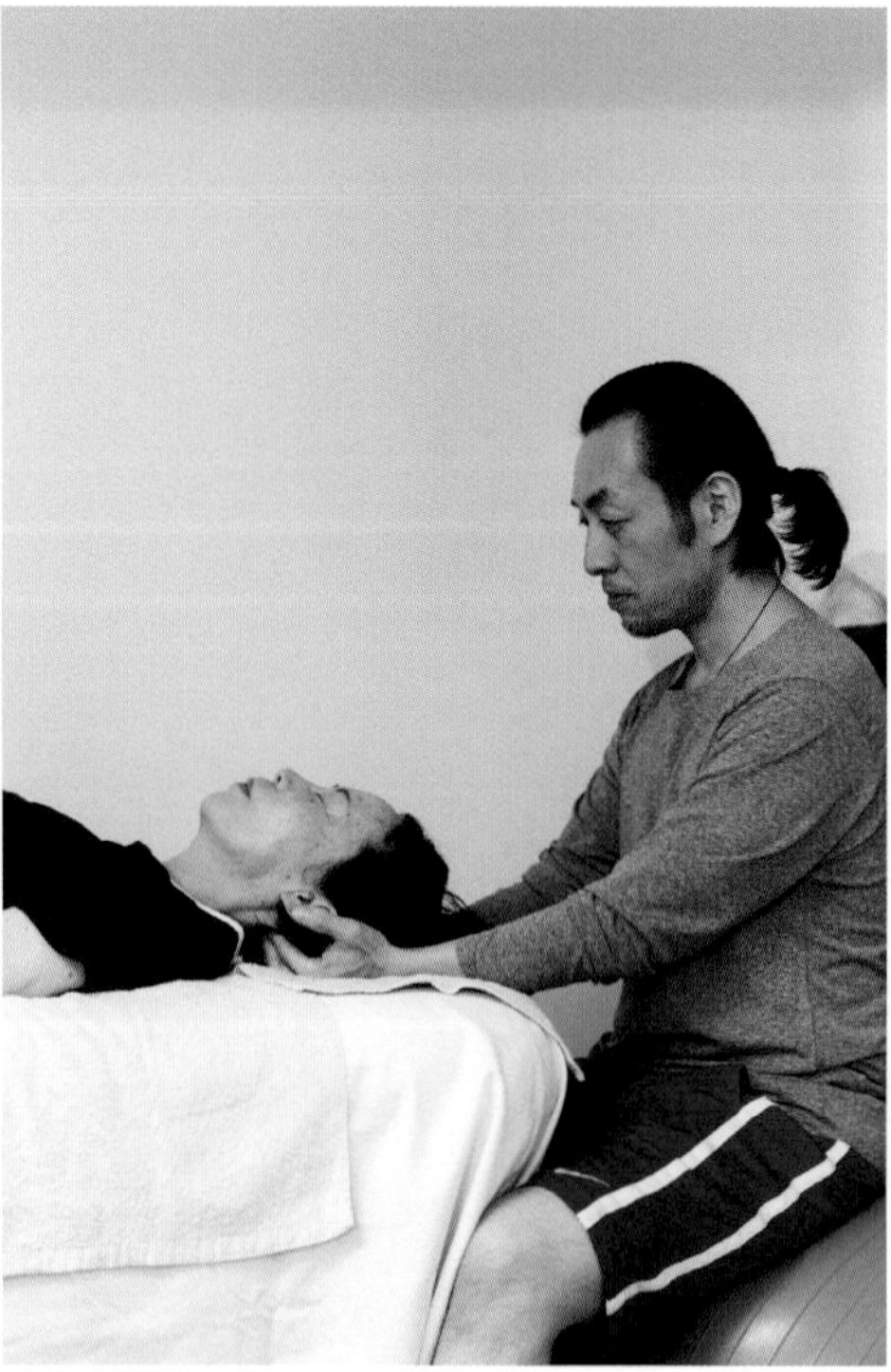

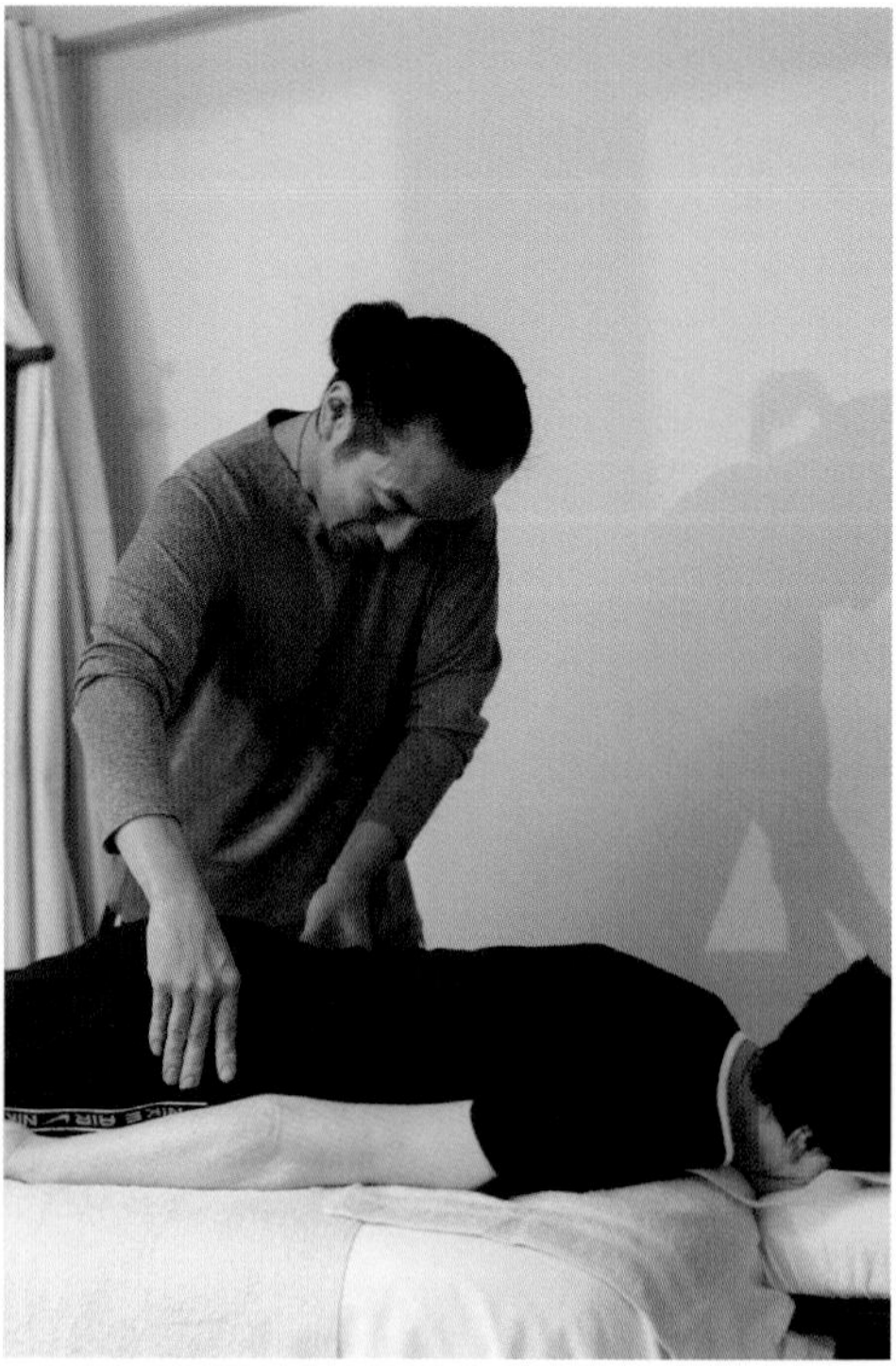

私のトレーナー

トレーナーと出会ったのは2018年。体力に自信が持てず、何かにつけてペシャンコになっていた私がみるみる元気になりました。無闇に筋トレをして筋肉をつければいいわけではなく、一人一人の体と相談しながら故障しにくい体作りを目指してくれます。

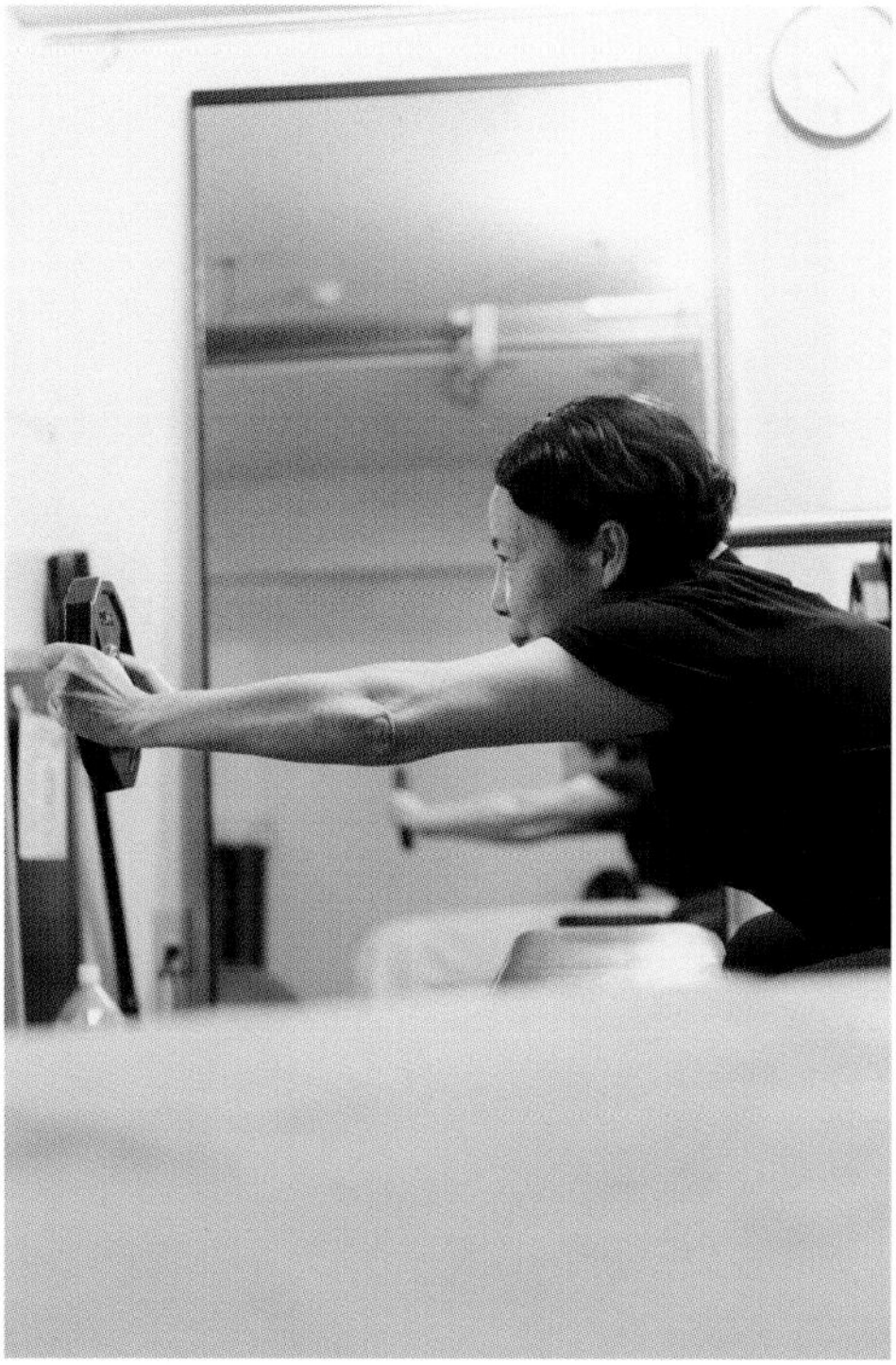

パーソナルトレーニングの流れ

まず今日のコンディションを見た後に、うつ伏せで身体の歪みやつまりをチェック。
仰向けになって首肩、足首を整えたら重りを持ってスクワット。
歪みをとってからトレーニングするのでより効果が高まるそうです。

夕暮れを眺める

日が傾く夕暮れの時間が大好きです。刻々と変わる空の色を眺めながら、少しずつあかりを灯します。一日を振り返りながらぼんやりすると疲れが緩まるのを実感できます。いい家だなぁと一人でにんまり。

日本酒は〆張鶴「純」、片口は辻和美、グラスは聞香杯

お疲れ！の晩酌タイムを目指して今日も一日頑張りました。ああ美味しいと感じられる健康に感謝しながら至福のひと時です。資源ごみの日に出す一升瓶の多さがちょっと恥ずかしい我が家です。

セブンイレブンのバターピーナッツと Bardon のチョコグラノーラ
夕飯前ですし、お酒の味が好きなのでいつもおつまみがあるわけではありませんが、小腹がすいた夕方のつまみの定番はこの２種類。むせて死にそうになる夫ですがピーナッツが大好物です。

「腸活」

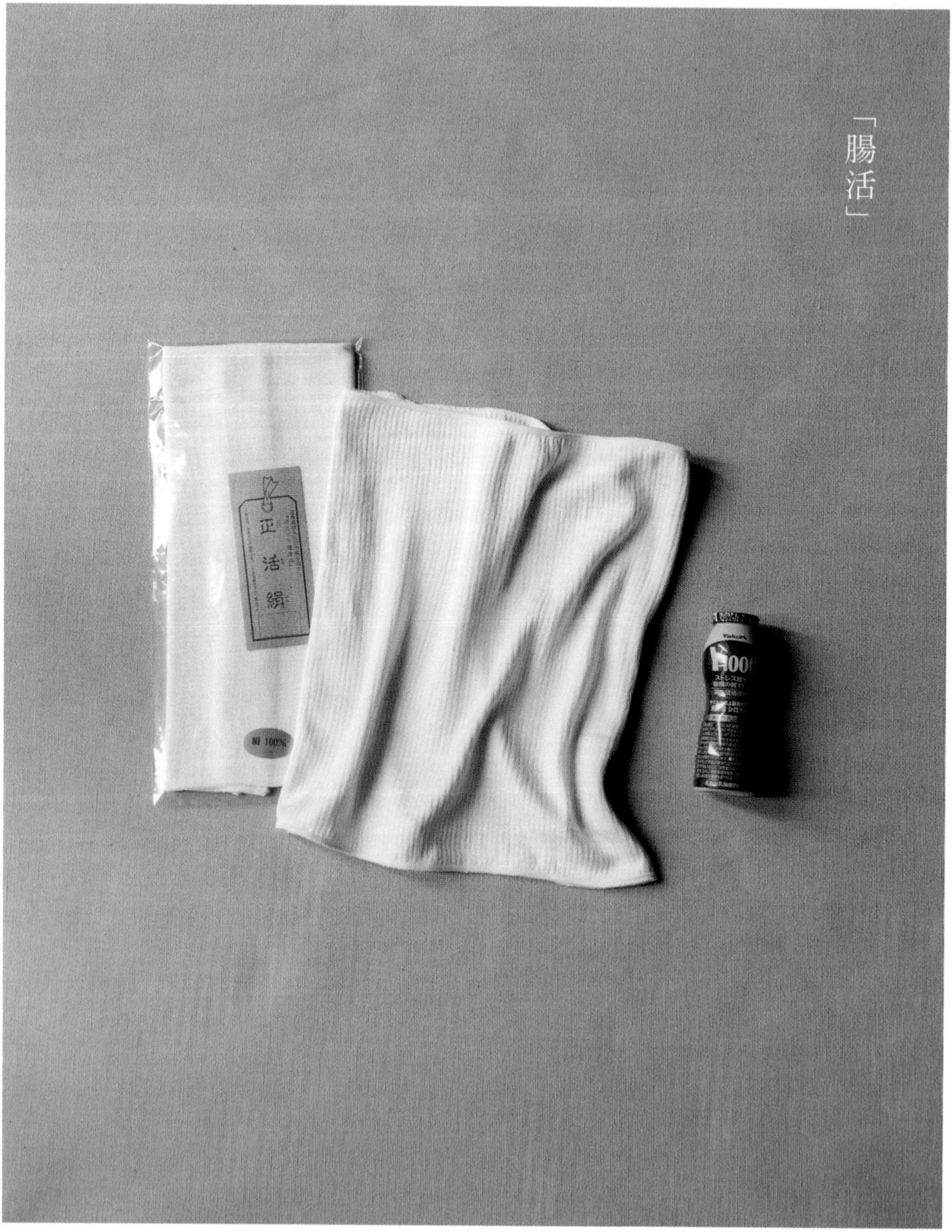

正活絹の腹巻とヤクルト1000

免疫力アップに腸活は必須だと思います。腹巻はもはや私のセカンドスキンでお風呂上がりに最初に身につけるのは腹巻です。ヤクルト1000は行きつけのスーパーで購入できるので続いています。

1 day 1 spoon まいにちの黒麹甘酒

年々厳しい暑さの夏、まさにサバイバルという気がしています。過酷な季節に食欲も落ちず、夏バテすることもないのは間違いなく黒麹甘酒のおかげだと思います。これがあるから大丈夫というアイテムをいくつか持っていると本当に心強いです。

家族写真の年賀状

一年に一度、どんなに子供たちがやさぐれていても、海外に留学していても撮り続けて年賀状を作ってきました。家族も増えたり減ったり！ごきげんだったり不機嫌だったり。見返す楽しみ、それぞれの記憶、記録しておいてよかったと思います。

THANKS FOR EVERYTHING
1992年が皆様にと
素晴らしい年であります
2001年
より愛をこめて
初春のお慶びを
上げます
平成五年元旦
あけまして
おめでとうご
naturally
APPY NEW YEAR
2016
迎春
USA Ça va? 2003
à san francisco
PAIX
2004

calo のブラウス　靴下左　w&fw　右 holk

Tシャツよりもサラッとしたブラウスの方が断然涼しいことに気がつきました。そして直射日光から守ってくれる長袖が暑ければグググッと上げて半袖になるゴムの袖口。クーラーが効いているところでは下ろして長袖に。とっても優秀なブラウスです。夏でももちろん靴下はタビ型。

eleven2nd　ヤクのタートルセーター　靴下 w&fw
とにかく自分史上最高に暖かいセーターです。しかも軽い！デザイナーの橋本さんに糸のこと染めのことニット工場のこと、直接話を伺えるので、誠実に丁寧に作られているものを、購入することで応援したいと思っています。冬の靴下は2重撚りやウール混。

お気に入り
エシュペーのワンピースとベストにデニム　靴はマルジェラ。

だいじょうぶになる暮らし方

コツコツ毎日やっています

新年に立てた今年の目標のひとつが縄跳び１００回。もちろんヒュンヒュン跳ぶボクサーみたいなのではなく、ゆっくり跳ぶやつです。

これがなかなか出来なくて、今だに50の壁を越えられません。

日常生活でジャンプする動きはほとんどないので、上下に跳ぶエクササイズはとてもいいらしいんですが。トレーナーさんに相談したところ、縄跳びの前にその場で１００回ジャンプ出来るようになりましょうとアドバイスをくれました。

確かにそうですね、何もしないで１００回ジャンプ出来てこその縄跳びですよね。

せっかちな私は順を追わずに、なんでもすぐにやりたガールなのでした。

１００回といえば、朝晩の頭皮ブラッシングも１００回です。

お風呂も肩まで浸かって１００数えなさいと小さい頃言われていました。

１００ってゆ～っくり数えると大体3分くらいでしょうか。

朝晩のシートパックはタイマーを3分にセットします。最近はスチーマーも加わってほかほか蒸気に包まれながら3分間の至福タイムです。

どんどん進化する美容業界、たくさんの名人たちがインスタライブなどで惜しみなく情報発信してくれているのが有り難いですね。最近見つけたヒットは髪質改善のシャンプーやトリートメント、そしてミストにオイル。頭の形が私とよく似ていて、髪質や悩みも同じ方を見つけました。サロンでいろいろプロデュースされている芦屋マダムです。

その方が使い方も含めインスタライブで丁寧に教えてくださるので、早速取り寄せて、もう何度もリピート中です。目に見えて癖毛やツヤ、コシが改善されたと思います。

長年髪を切ってくれているクジラちゃんもその効果に驚いて、自分のサロンにも仕入れたいと言っているほどです。ドライヤー前のミストで髪は艶々に！

作り手ご本人からその開発秘話や情熱、誠意、使用方法を聞くことが出来ると、より一層信頼出来ますよね。いいと思うものを全部試してみることは出来ませんが、ピンときたことを3分とか１００回ならコツコツ積み上げられる私です。

原稿を書いた時はやる気満々だった縄跳び１００回ですが、どうにもこうにも無理そうなので、振動マシンに切り替えました。あきらめも大事です。

生きること、
それはゴミが出るということです

捨てるのは得意な方だと思います。片付けも掃除も嫌いじゃないし、そういう切り口で取材も受けるから、さぞかしスッキリいらないものなど一つもない暮らしだろうと思われるかもしれませんが、実はそうでもありません。

片付いているふうに見える引き出しの中には、飾るでもない小さないろいろが鎮座ましまし、もう絶対使うことがないあれこれも入っています。極論ですが、寄宿舎にいるような暮らしがしたいわけではありません。ものを持たず、ものを買わないで生活したいわけではありません。スカーフやストールだって、一体いくつ首があったらいいんだろうと思うほど持っているし、ポーチやバッグもたくさんあるのに、わぁ可愛いとまた買ってしまいます。ただ、自分の中でスイッチが入る時があって、そのスイッチが入った途端、値段や思いに関係なく手放すことが出来るのです。

逆に欲しいものがあったらぐいっと手を伸ばして手に入れる。

そしてそれが生きる喜びや力になることを知っています。でもね、ちょっと世の中を見渡すと、法外な権力やお金を手に入れた途端、悪代官になってしまう人たちがたくさんいますよね。何故そうなってしまうのでしょう。思うにそれは何よりも地位や名誉、財産に対する執着が恐ろしく強いせいではないかと感じています。

四季折々の花を飾ることが好きですが、それをドライフラワーにしようとは思いません。毎日水をかえて、その時が来たら感謝して手放します。

何においても鮮度があると思うから。生きていくことってゴミを出すこととゴミが出ること、とも言えると思いませんか。ただいるだけで環境を破壊する私たち、でもいなくなった方が良いわけじゃないと思いたいです。

そのためには一つずつ出来ることをやるしかないし、出来ることをやれるためにも元気でいなくちゃと思っています。片付けたい人は片付ければ良いと思っているし、捨てたい人が捨てればいいと思っています。

ただやっている、やった人だけがわかる世界共通のこのスッキリする感覚、試してみる価値は充分にあると思っています。

まずは一軍と二軍に分けましょう

台所がスッキリ片付かないのが不満ですか？

その前に自分が本当にスッキリ片付けたいのか、それともごちゃごちゃしている方が心地いいのかしっかり見極めて下さいね。私はどんなに美味しいと評判のお店でも壁や床がギトギトのところで食事は出来ません。でも、もし案外平気でそういうところでも楽しくご飯が食べられるなら、今のままでもいいということかもしれませんよ。

スッキリ片付いている台所にしたいと思うなら、まずはよく使う一軍とたま〜にしか使わない二軍のものを分けるといいと思います。

土鍋やカセットコンロは少々取り出しにくいところにあってもいいけど、菜箸やお玉、キッチンバサミはすぐに取り出せるところが快適ですよね。

まずは自分の料理の傾向を把握しましょう。家族の人数にもよるけれど、いつも大鍋でたっぷり作るのか、それとも一回で食べ切れる量を作るのか、揚げ物をひんぱんにするのかしないのか、それによって収納方法は大きく違ってきますよね。

そうやって分けていくと、ほらスッキリしてきたでしょ。取り出すときのガチャガチャ音も減ってストレスもなくなります。調味料だって、いつも使うものと時々しか出番のないスパイス類を、並列で並べておく必要はありません。

冷蔵庫の中身も点検して下さい。案外瓶ものはず〜っと昔に賞味期限が切れていたりしてびっくりです。

我が家の冷蔵庫の一軍は卵と納豆、バターとビールでしょうか。野菜室はジャガイモと玉ねぎ、ニンニクと生姜かな。冷凍庫はうどんと油揚げに鰻がスタンバイ。

パントリーには蕎麦やスパゲッティの乾麺に焼き海苔、パン粉、片栗粉に玄米もち、最近はサバ缶の買い置きが必須です。

見渡せる収納にしておけば、そろそろ切れるものが一目瞭然です。季節や嗜好によって微調整、辛子やわさびも切れていると残念な食卓になりますね。

決してミニマムに暮らしたいわけではないし、買い物や取り寄せも大好きです。取り寄せた美味しいものも家族や友人たちとパッとなくなる分量で。使わなくなったもの、消費期限が切れそうなもの、そういうものが自分のストレスになるのを知っているから、サクサク循環させています。

だってああ美味しい、気持ちいいって暮らしたいじゃないですか。

暮らしの中にある季節

朝食に欠かせない果物で季節をしっかり味わっています。

毎年元旦に、ろぼ農園の文旦《ぶんたん》を注文することから一年が始まります。届くのは2月頃でしょうか。冬の終わりから4月くらいまではご当地自慢のいちごたちいろいろ。玄関にいちごが置いてあるだけでいい香り、春の予感が漂います。

いちごが終わるとメロンやびわの登場です。びわが年々大粒になっていませんか？好みは小粒なんだけどな。メロンも種類が豊富で食べ比べるのが楽しいですね。サンフランシスコでよく食べていたハニーデューという品種も見かけたら必ず買うメロンです。

さあ、ここからは世界で一番好きな桃の季節の始まり、始まり。我が家は基本一人一個。丸のままをナイフとフォークでいただきます。加えて美味しいモッツァレラを見つけたら桃のサラダの登場です。オリーブオイルとレモンとお塩、今年は何回食べられるだろうと恋焦がれる一皿です。

桃に別れを告げたら梨のリレーがスタートします。ご縁があった宇都宮の鈴木梨園から毎年数種類の梨が順繰り届きます。なんて幸せなことでしょう。

12月はりんごですね。松本のアルプスりんご、岩手の瀬川さんのりんご、災害や台風の進路にハラハラしながら毎年産地の無事を祈っています。

果物で四季を感じていても、近所の八百屋に「夏は大根ないよ」とピシャリと言われる都会の主婦であることは間違いありません。きゅうりやナスにトマトも、一年中あって当たり前になってしまっているからこそ、果物や植物たちが教えてくれる季節を大切にしたいです。

玄関脇に背の高い鉢植えで、季節の草花を寄せ植えしています。自分のためでもあり、いらしてくださる方へのウェルカムの気持ちでもあります。水やりの時に少〜し栄養剤を混ぜるとうつむいていた草花がしゃんとします！

それを見て私もサボっていたサプリを慌てて飲んだり（笑）。

果物も野菜や草花も、過保護にならない程度に手をかけることが大切、本当にお肌や髪のお手入れと同じです。

巡ってくる季節とともに、季節を感じる暮らしでありたいと思っています。

新しい化粧品って ウキウキしませんか

雑誌のコスメ紹介ページが大好きです。いろんな人がいろんな化粧品をすすめていて、コメントを読むとどれもすぐにでも使ってみたくなっちゃいます。

これさえ使えば、今までの問題が一気に解決！　しないことは重々承知。それでもメーカーや品番をメモしておきます。あとであれどこに載ってたんだっけと探すのが本当に大変ですから。親切な雑誌は、ページの下に切り取り線があってそのままカウンターに持っていけば買えるようになっています。

美容業界の進歩はめざましく、皮膚は細胞レベルでの修復がうたわれ、おうちエステのような機器もどんどん開発されています。それに加えて、容器も環境に優しいとか、動物実験をしていないとか、製品そのものの効果に合わせて会社の姿勢も発信されています。

私自身のことで言えば、髪質の変化や肌のくすみは最も気になるところです。年齢に抗《あらが》うというよりは、お手入れでなんとか現状を維持していきたいと思っています。

髪質の変化は著《いちじる》しく、体調を崩すと最初にダメージが髪にくる感じです。髪からわかることも多いらしく、月に一度のカットで美容師さんにいろいろ指摘されてびっくりします。植物の生育に土の良し悪しが大きく関わるように、髪も肌も大事なのは頭皮、土台となる皮膚なんだそうです。

毛穴を清潔に、肌も頭皮も柔らかくしておくことが一番重要なんだとか。

そうそう顔はせっせと保湿しますが、頭皮はそこまで気にしてないですよね。私は最近頭皮にも専用のローションをたっぷりスプレーしてマッサージしています。

時々取材でヘアメイクの方が来て下さいますが、彼らはとにかく手のひらで髪も肌もたくさん触れてくださいます。温かい指先で、温かい手のひらで触れられた頭皮や肌はいい意味でゆるみます。柔らかくなるんです。日頃こんなに大事に触っていないと反省しきりです。ドライヤーもまず頭皮を乾かしたら、手のひらで撫でながらゆっくりゆっくり。まるで髪や肌と会話しているみたいです。プロたちの惜しまない手間を学び、できることを取り入れながら、日々のケアこそエステに勝るものはないと自分に言いきかせる毎日です。

気になるチーク、季節に合った口紅、進化したクレンジング、ちょっとした変化でウキウキできるなら、それを優先していこうと思っています。

簡単が難しい

海外に荷物を送ろうと郵便局へ行ったら、アメリカとヨーロッパへ送る荷物の宛先が手書きの郵便物はもう受け付けていませんと言われました。じゃあ、どうすればいいかというと、スマホかパソコンで送り主と宛先情報を入力して、ＱＲコードで送り状をプリントアウトするそうです。

とりあえずパソコンで頑張って入力するも、送付内容のところでうまく次へ進めない。郵便局の人も、わかりにくいかもしれないので、午前中に来ていただけたらタブレット入力のお手伝いをしますとのこと。翌日9時に郵便局へ行き、何とか無事に送り状を作成することができました。ふ〜。

何でもかんでも入力入力、ほかの星から侵略目的でやってきた宇宙人の計画としか思えないほどのスピードでいろんな手続きが激変している。

人と人の体温を感じるやりとりはそこには全くなくて、エラー、エラー、エラー……。どこがエラーなのか検討もつかない。

そして、もはやスマホを持ってないと何もできない。先日出張でハワイに行った息子でさえ、そのスマホありきの変化に驚いていました。充電切れたらどうするんだろう。置き忘れたり落としたりしたらこの世の終わり？？？

私は電話機能とショートメール限定のらくらくスマートフォンなので、もはや化石、いや遺跡かもしれません。

私は、写真はデジカメで撮りたいし、御礼の言葉はハガキか手紙で伝えたい。旧人類と言われようとも人が人であるコミュニケーションで生きていきたい。

恐ろしいスピードで少子化が進み、中国でさえ人口が減少するんだとか。確かにあちこちから人手不足だと聞こえてきています。

何とか順応していくよりほか、ないんでしょうか？　手書きの読みにくい文字を「なんて書いてあるんだろう？」と苦労してあ〜でもないこ〜でもないという楽しい会話が消滅してしまうなんて寂しすぎませんか？

もちろん入力が得意な人、合理化を進めたい人はどんどん増えていくことでしょう。無事に入力を終えた宛先の書類は一件につき4枚くらいプリントアウトされてその全てにサインをして無事に出すことが出来ました。マジックで直《じか》に宛先書いた方がエコだなと思いながら郵便局をあとにしました。

暮らしの中にある数字

いつもの紅茶は、春夏が2分30秒、秋冬が3分。ゆで卵は沸騰したお湯に8分で好みの半熟に。スパゲッティは6分の茹で時間のもの。タイマーは2個持ちでそれぞれきちんと計ります。

いつものお茶の濃さ、サラダやカレーに入れるゆで卵もいつもの固さ。それらは食事を作る上で失敗のない安心感で私を支えてくれています。

朝晩頭皮のマッサージをかねてブラッシングを100回。お風呂に浸かって首のリンパ両脇を30回ずつマッサージ。

こうしてみると日常の中で何度も数を数えてるなぁと思います。

娘の長男が3歳の時に妹が生まれました。それと同時に突然始まった吃音《きつおん》にびっくりしたのを覚えています。もともとよく気がつく子供だったから、言いたいことに言葉が追いついてないのかなと思いつつ、とにかくゆっくり焦らせずに言いたいことをじっくり聞くことに努めました。

先日新一年生7歳の誕生日に集まった時、あの頃は仕事や家事の時間配分をどうしていいかわからず、イライラして夫婦で喧嘩が絶えなかったねと娘夫婦が反省していました。

あれだけ心配した吃音もいつの間にかなくなっていました。

今は荒れ狂う妹の頑固さに手を焼いていますけど。その孫ももうすぐ4歳です。

私たちの時代からすれば、夫が家事や育児に協力してくれる夢のような現在の環境です。平等というにはまだまだかもしれませんが、結婚したから、子供がいるからと諦めることが少なくなったのは素晴らしいことです。

子供の送り迎えの時間や起きる時間、寝る時間という制限があってこそ両親も働き過ぎず、健康が保てているのかもしれません。

一年ごとに進級や昇格することで、成長が目《ま》の当たりにできる時代。数を数えて九九《くく》を覚えて、24時間３６５日の毎日が積み重なっていくのです。

あと何回寝るの？　とまだ時間や曜日の感覚がゆっくりしている孫たちを見ていると、先のことをあれこれ心配しないで「今」に集中することを教わります。

私の暮らしを支えている細やかな数字とざっくりとしたおおらかな数字、万年カレンダーを今日の日付と曜日に変えて、今日の私の新しい一日が始まるのでした。

量より質、の年齢です

コロナ以降、約三年ぶりに再開したギャラリーはたくさんの方との再会に胸が熱くなりました。お元気でしたか？　お変わりありませんか？　とお互いの無事を確認して、まだまだ用心しましょうね、の合言葉。何しろ吉祥寺はいつも人がいっぱいですから。

住んでみるといろんな側面のある本当に楽しい街だと再確認しています。

大きな公園や動物園もあるのに、ほとんどの必要なものが揃《そろ》う吉祥寺。

欲を言えばゆっくり静かにお茶ができる大人の喫茶店とか、いい素材で美味しいものが食べられるちょっと気の利いた大人のお店が欲しいところですが、若い人や家族連れが主流ですから、彼らに受けるようなカフェや飲食店が多いのは仕方ありませんね。

私だって時々トンカツやピザを食べに行きます。ウィズコロナに大きく舵《かじ》を切ってからは、どこの飲食店も開店前に行列です。人気店は早朝に一日の予約を取ったりしていろいろ工夫しています。

少し早めに準備しようとギャラリーに向かったら、そこにはちょっとした人だかり……、パン屋の開店を待って下さっている行列でした。

東京に暮らしていると我慢強くなりますね。皆様本当にありがとうございます。

さて、嬉しい再会と通常の仕事モードに心はウキウキでしたが、やっぱりブランクがあるからなのか、以前より疲れを感じました。

会期中は気を張っているからルンルンですが、終わった安心感とともにたっぷり休養が必要になります。もう少し体力をつけたいなぁと思っていたら、美味しいプロテインを見つけましたのお便りが。こういう時はすぐに飲み始めてみます。

他にも酸っぱくなくて吸収率のいいビタミンCなど、気になるものは試さずにいられません。光電子、遠赤外線が含まれるゴールドウィンのリカバリーウエアをパジャマにしたり、貪欲に元気をキープするものを試しています。

だって、鉢植えの植物も場所を移動したり、栄養剤をあげるとみるみる元気になるんですもの。それならば、きっと人間も同じはず。

間違いなく量より質の年齢なのです。

私の経験上、勇気を出して「いらない」と思ったものを捨てると、必ず大きな変化があるから不思議です。

新しい出会いが訪れたり、やりたかったことが具体的に動き出したりします。

「捨てる」というと薄情だったり、もったいないと、罪悪感とセットになりがちですが、それを「手放す」と言い換えた途端、なんだか清々しい決断に変換できませんか。

自分が頑張れば何とかなるということじゃない場合、子供の受験とか夫や親の健康に関するあれこれ（検査の結果とか手術の成功とか）、そういう時は毎日いつもより丁寧にトイレや玄関を掃除するとか、好きなものをしばらく我慢するなど、出来ることを願掛けみたいにやっています。

そうやって自分の思いを行動に移すことで、結果が出るまでの自分の気持ちを支えることが出来ますし、心も少し落ち着く方法であることは明白です。

誰しも薄々気づいているんじゃないかな。こんなに散らかったままだと幸運の女神も素通りしちゃうよなとか、あちこち埃《ほこり》が溜《た》まっているこの部屋が明るい未来につながっている訳ないよなって。

そういう薄々気づいていることを見て見ぬフリをせず、きちんと受け止めて勇気を出して実行してみる。やる人と、やらない人、何ごとにもおいても、この差はすごく大きいと思っています。

いいことを呼び込むために何かしたいと思うなら、片付けましょう。片付けたいと思うなら、気に入っていないものや役目を終えたものたちを捨てて手放してみましょう。

私も決して完璧には出来ていません。それは私の中に善も悪もあるように、世の中も勧善懲悪や平等だけで平和な世界の実現は不可能かもしれません。

でも出来ることをやるかやらないかは、私の人生の「質」を上げることだと信じています。

面倒くさいことから逃げない。面倒なことこそが成長のチャンスなのです。

いるいらない、使う使わない、着る着ない、シンプルな思考と行動を習慣付けてぐっと幸せを引き寄せてみませんか。

災い転じて福となる

基本、外食が苦手です。

特に初めての所は、その一皿の量が未知数で恐ろしい。

残さず食べたいし足りないのも嫌、ああメニューを眺めるだけで息苦しくなる。

オーダーしてほっとしたのも束の間、先に座っていた人より私が注文したものが先に来ちゃった……なんで!?　居心地悪過ぎでしょう。

つくづく私は自分のテンポで自分の好きな分量を心置きなく食べたいんだと思います。

そうです、とってもわがままなんです。

レストランで席が近いと、こちらの会話に興味津々な空気を感じる時があります。無神経な人の大きな声での会話や自慢話もげんなりしませんか。

そういうわけでコロナという厄災は、私には案外有難い側面もありました。無駄な会食が減り、出かけ過ぎていた人たちを自宅の食卓に戻してくれました。

自分でご飯をつくる、今日は何が食べたいのか、家族に足りてない栄養は何なのか考えるキッカケを作ってくれました。

一日三食ご飯を作るのは大変です。でも、それは自分が食べたいものを食べられる有難い時間となりました。

もとより外食が苦手なのは周知のことなので、外食の誘いも激減し、断る理由を考えなくてもよくなりました。

気が合う数人の友人たちと、自宅でいつもの延長のご飯会、孫や娘夫婦たちとのご飯会、どれもノーストレスなのは言うまでもありません。

とはいえ飲食店にとっては大きな打撃です。知り合いのビストロやレストランが通販やケータリングをやっていたら、積極的に注文に励みました。

どこも誠実にピックアップギリギリのタイミングで仕上げてくれるから、自転車飛ばして帰宅すれば熱々の夕食です。冷凍で届くおすすめのメニューは、説明書通りに解凍加熱すればプロの味。

ずいぶん助けられたのは言うまでもありません。自宅で楽しめるプロの味、間違いなくこれもコロナの置き土産の一つですね。

なんだか上品だなぁ
というのが私の好きの基準です

ギャラリーをやっているとたくさんの方にお会いします。

もちろん自己ＰＲは大事なプレゼンテーションですが、いくら売り上げるとか有名な人も買ってくれるという話ばかりだと、うちでやらなくてもいいのでは、と思ってしまいます。自分がどんなにすごいかはそういうことじゃないんだよな、と貴重なことを学ばせてもらえました。

逆に多くは語らずとも滲《にじ》み出る知性や教養、学歴とかは全く関係なく、にこやかにそこに立っているだけで話しかけてみたくなるような、知れば知るほど素晴らしさが伝わる、そんな人との出会いはこの20年のかけがえのない宝物、私のお手本です。

そしてそれは人に限らず、よく掃除の行き届いた上品なお店、飲食店なら絶対に美味しくてハズレがない。セレクトショップなら着る人を素敵に格上げしてくれる品のいい洋服やバッグが置いてあります。

スタッフの方と気持ちよく買い物ができたものは、どこのですかと聞かれることも多く、身につけていいことが起こるものたちなのです。

自分を磨く、そんな意識はいくつになっても忘れたくないことの一つです。

決してストイックにトレーニングを重ねたり、お金をかけてエステに通ったりすることではなく、言葉使い、言葉の選び方や話し方、仕草や身のこなし方を意識するということです。

何にでも頭に「お」を付けると、不自然な丁寧語や尊敬語になりますよね。

そのあたりに滲み出る知性も重要な要素です。先輩たちとの会話の中からエレガントな言い回しを真似したり、後輩たちの言い間違いを心に留めて、自分を正したり。

ゆっくりしゃべる、ゆっくり食べる、そんなことも大事なことの一つです。バタバタ動くとものにつまずいたり、壊したり、焦っているとろくなことになりません。

先日友人とご飯を食べたら、すこ〜しだけお箸を長めに持っていることに気がつきました。それだけでなんともエレガント。早速真似しています。

足音もとても気になりますね。スリッパを引きずる音は足の筋力が落ちてる証拠、自分や家族の足音に耳を澄ます今日この頃なのでした。

私は私流の筋トレでいこうと思います

『地球交響曲』(ガイアシンフォニー)という自主上映の映画をご存知でしょうか。龍村仁監督が世界中の叡智をフィルムに収めたもので、第一番から第九番までそれはそれは壮大な素晴らしい内容の作品です。肉体や精神の神秘、限界に挑戦する人、自然と限りなく調和する人々、スピリチュアルと言われそうなもろもろが淡々と実写で描かれています。時代とともに科学がそれらに追いついてきて、まぎれもない真実の数々となりました。

科学者と宗教者は違う窓から同じものを見ているという印象的な言葉は何番だったかな。時々思い出す大切なフレーズです。人間以外の動物たちはもちろん、植物たちも会話し、情報を交換していることが証明され、映像にもなっていますね。

人体も脳だけが指令を出しているわけではなく、それぞれの臓器がお互いに連携し合っているし、皮膚は第二の脳とも呼ばれています。

そうなると「私」「自分」の存在が非常に怪しくなってきませんか。自分の体なのに自分の意識下ではコントールできていない部分がたくさんあるのです。
なぜこの時代、ここに生まれてきたんだろう。一体なんのためにここにいるのか、自分の意思だけではどうにもならない数々の不思議が浮かび上がってきます。
最近強く思うことは、「私」と仲良くすることがとても大事なことかもしれないなということ。

体育会系の運動部に所属したことのない私は、筋トレとも走り込みとも無縁の人生でした。でも案外歳をとるとそれが功を奏して、もっとできるはずという焦りが全くありません。この歳になって綺麗にスクワットができるようになったことが嬉しくて嬉しくて、ダラダラほどほどの運動に十分満足できているのです。

ここ数年、週に一度体を整えて、20分ほど運動を指導してもらっています。足を乗せるだけで運動したことになるという器具の購入を考えましたが、骨折した折に入ったままのボルトとプレートがあるために使用不可でした。

それを日課にした夫は筋肉がついたと喜んでいます。うらやましく横目で見ながら、私はゆるーい運動を少しだけ。私の筋肉たちはきっと不完全燃焼だろうなぁ。

ごめんね、私の筋肉さん。

憧れのあの人を真似してみましょう

私が密かに憧れているのは女優の松坂慶子さんです。

その美しさは年を重ねることさえ味方につけていて可愛らしい。それはちょっと無理だけど、物腰《ものごし》や仕草《しぐさ》、言葉使いは大いに真似したい、学びたいところなのです。

「へぇ〜そうなの？」「それは大変だったわね」なんて優しくうなずきながら松坂さんに言われたら、誰でも泣いちゃいそうですよね。

いるだけでふんわり優しい空気が漂うような上品さ。いくつになってもエレガントで、時々お茶目、へへヘッとニッコリ返されたりしたら、どんなことでもいいよいいよって許してしまいそうです。想像の域を出ませんが、たとえダイエット中でも好物を出されたら、明日頑張ればいいと食べちゃうと思う。食事や運動、健康には気をつけるけど、辛いことは続かないと決してストイックになり過ぎない感じがします。

いえいえ、そこは一流の女優さんですから、優雅な白鳥のように水面下は努力努力の勤勉家に違いないと思いますが、それをことさら主張することなく、表面はいたって涼しげな様子に心底憧れます。

これからはゴツゴツトゲトゲするよりも、少しタプタプしてきた二の腕やお腹まわりを許すような私になりたいと思っています。

年齢に負けず颯爽《さっそう》としているように見えても、本当のところ息切れしながらいろんなサプリメントに助けられてなんとか折り合いをつける毎日なのです。人に会う時にシャンとできても、ただいまと玄関開けたらスイッチオフで、だらだらゴロゴロしてるんですよ。

思春期の反抗も産後の不安定さも更年期のイライラも、ホルモンが大きく関係していると学ぶことができましたから、なんでも気力で乗り切らなくていいと開き直っております。それに加えて潮の満ち引きや月の満ち欠け、宇宙の星の配置にまで私たちは影響を受けているんだそうです。ちっぽけな私が壮大な宇宙の営みを敏感に感じ取り、自らが不調というサインを出して心や体をリセットしようとしている。なんてダイナミックな考え方でしょう。

老いる自分との共存、これからは柔らかくしなやかに、力まずに、動作も話し方もゆっくり、松坂さんをイメージしてエレガントに歳を重ねたいと思っています。

明日の活力、寝る前の一本

プロデューサーが企画を立ち上げてから6年もかかって実現した、連続ドラマ「エルピス」。なんだかおかしいんじゃないか、変だぞということをなかったことにしないそのドラマの熱量と表現にすごく感動しました。6年の間にはさぞかしいろんなことがあったことでしょう。でも決して諦めず、出会いや別れを繰り返しながら、同じ熱量の人たちがチームとなって形にしていく、その熱い思いがセリフのひとつひとつから、場面の展開や構成から伝わってきました。こうなると拡散菌を持つ身としては、見た？　見ました？　と言わずにはいられません。もちろん見ましたよと大好きな編集者さんとは大いに盛り上がりました。そして、エルピスが好きならこれもきっと好きだと思うと勧められたのが「秘密の森」。韓国ドラマはちょっとなぁと食わず嫌いだったので韓流かぁという印象、それでも信頼する人がきっと好きだというのならと見始めるとこれがすごく面白い。巨悪に立ち向かう検察官は訳あって感情がない、そっかぁ感情が正義を邪魔をするんだと目から鱗《うろこ》。そうなると悪をさばくのはＡＩの仕事になっちゃうの？　いやいや、やっぱり大岡裁き

（古いですね）は絶対なくなっちゃダメでしょと考えさせられることがいっぱいでした。

　韓国ドラマの質の高さに驚いて、ハマっている友人に何が面白いか聞いてみることにしました。ある友人のイチオシは「私のおじさん」、別の友人は「39歳」。みんなそれぞれしっかりお気に入りがありました。「39歳」を見た私は、チョン・ミドが可愛くて、他には何に出てるんだろうと検索ポチり。

　そして見始めたのが「賢い医師生活」。なんだろうこの感じ、悪い人が一人も出てこない、食べてばっかり、しかも全部韓国料理。ハンバーガーでさえプルコギバーガー。バンドの演奏は昭和な感じ、しかも一人は音痴。でもやっぱり脚本がすごいなと思います。そして役者さんの力量や予算のかけ方も桁《けた》違い、ぐいぐい引き込まれてしまいました。なんと「賢い医師生活」は三周も見てしまい（時々早送り）、今も好きな場面はリピートしています。役者さん達のコメントに、友達に会いに行くみたいに見て欲しいというのがあって、まさにコロナの時期ナイスガイの面々が友人になった気分でした。

　本もドラマも映画も自分の考えや思いを広げ、感動や知恵を授けてくれますね。誰もが人と協力しあって惜しみなく力を出すと、それが何倍にもなることを改めて見ることができて、本当に爽快な気分です。

朝の習慣　夜の習慣

目覚ましが鳴るのは6時半ごろです。さっと起きる時もあれば、もう少し、もう少しとぐずぐずしちゃう時もあります。

ボ～ッとしながら夜中に脱ぎ捨てた靴下を履いて洗面所へ行きます。お風呂に栓をして湯船のお湯張りをスタートしたら、舌の掃除とマウスウォッシュでうがいします。口内の菌と認知症との関係記事を読んでから習慣になりました。それから頭頂部の「百会《ひゃくえ》」に向かって髪を１００回ブラッシング。そうこうしてる間にお湯が溜まります。

お湯に浸《つ》かる前にチャポンと足だけ入れて、今日のパック剤を顔に塗って死海のシーソルトローションでお腹まわりや腰まわりをマッサージ、引き締まれ！　と願いを込めて。

お湯に浸かったら首や耳周り、頭皮も適当だけどマッサージします。

自分で自分を労《いたわ》ることに目覚めた60代、いろんな習慣が加わりました。

お風呂から出たら髪を乾かして、ささっとお化粧して、ピアスをつけておしまいです。

起きてきたターセンと（彼のお風呂は基本夜、夏だけ朝です）ゴミ出ししたら朝ご飯。

基本は果物と玄米もちに紅茶かな。昼食までの間隔が短いので軽めで充分です。朝食後はゆっくり新聞を読んで（食器を洗うのは、ターセン）、出来上がった洗濯物をパンパンして（干すのは、ターセン）、メールチェック。玄関とトイレを掃除したら朝のいろいろ終了です。

　さてさて忙しい一日も退屈な一日も日が暮れてきたらリセットします。キャンドルを灯したり外灯やランプのスイッチを入れてあっという間に暗くなる空をしばし観察。大好きな夕暮れを楽しみます。近頃薄くなった夕刊と読みかけの本や雑誌をお供に日本酒タイム。夕飯の準備は6時ごろから。毎日7時に夕飯を食べたら、もう完全にスイッチｏｆｆ（食器洗いは、ターセン）。

　顔を洗ってたっぷり保湿したらゴロゴロゆるいストレッチ。ドラマの後日配信やＮＨＫオンデマンド、アマゾンプライムやネットフリックスをパソコンで。ついつい続きが気になって見すぎてしまうのが目下の悩み。

　夜お風呂に入るのがいいとわかっていても、その余力はもう残ってなくて、今日も無事に一日過ごすことが出来たことを感謝して、遅くとも11時にはベッドに入ります。おやすみなさい。

私の一日

皆さんはどんな一日、どんな朝の時間をお過ごしでしょうか。

家族に通勤や通学の時間の制約がなくなって、その緊張感から解き放たれたはずですが、私の起床時間や就寝時間は相変わらずです。

今回自分の一日をあらためて振り返ってみて、間違いなく朝昼晩の食事が軸となっていることに自分でも笑っちゃいました。何かに集中してご飯を食べ忘れたという経験が一度もない私は、朝8時ごろ朝食をとり、12時に昼食、その間夫と別行動でも、夜ご飯は必ず7時集合という毎日の繰り返しです。そこを目指して朝はテキパキと玄関拭いたり、落ち葉を掃いたり、昼ご飯は冷蔵庫にあるもので何ができるか考えを巡らせ、夜ご飯に新鮮な肉や魚、足りないものをメモして買い物といった具合。このリズムが自分にとって本当に気持ちいいし、体も心も健康を保てる秘訣かも知れません。ご飯を作る余力が無くなってきたら危険信号点滅、やり過ぎ注意のシグナルなのです。

a.m.6:30

ほとんどの方は携帯電話が目覚まし時計がわりでしょうか。頭のそばに電磁波が出るものを置かないほうがいいそうですよ。私は目覚まし時計派です。カチカチ音がしない秒針のものを。起きたらまず卓上万年カレンダー（「Timor」 DANESE）をセットして、湯船にお湯を張って好きな入浴剤（クナイプ）を入れます。

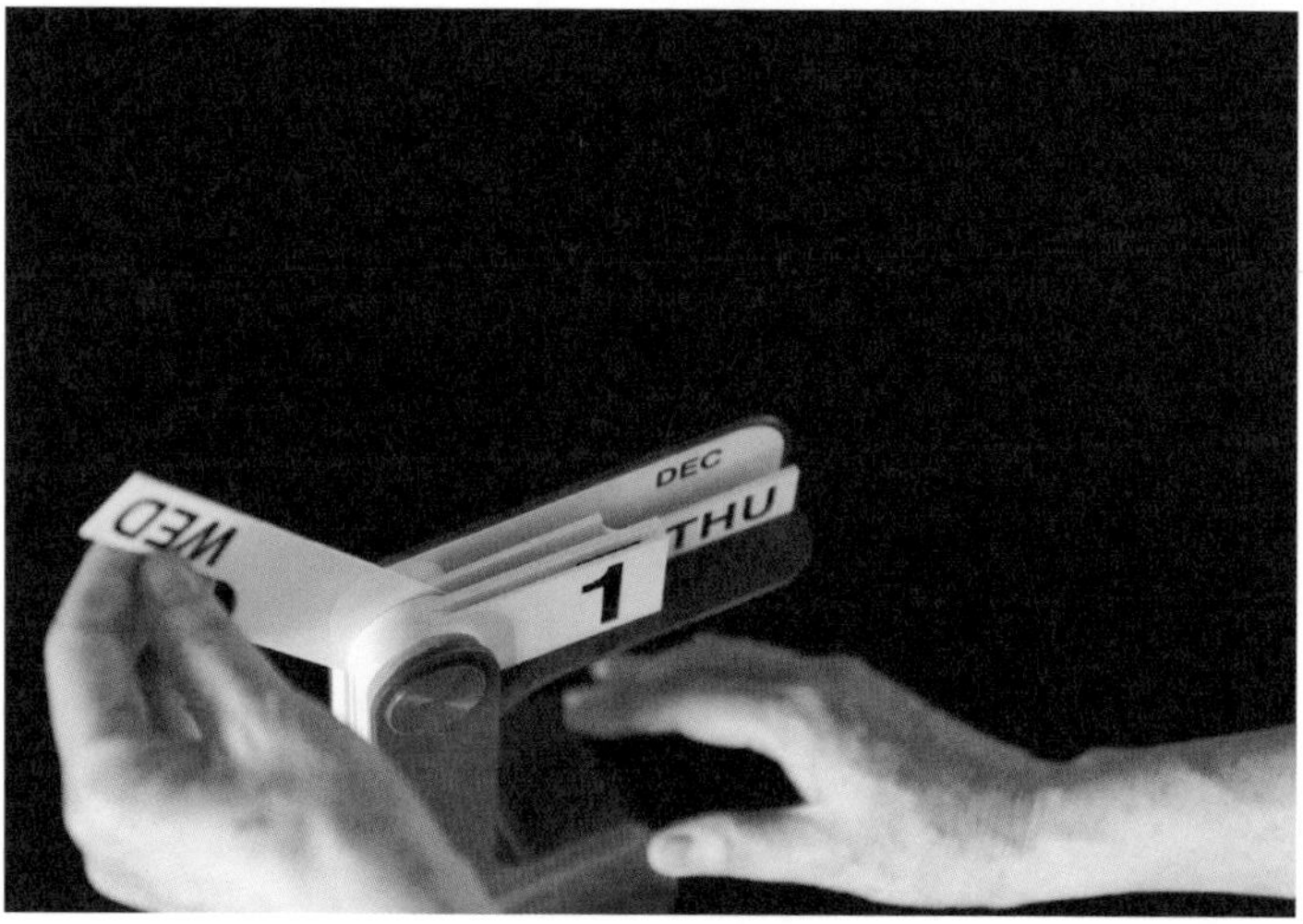

a.m.6:45

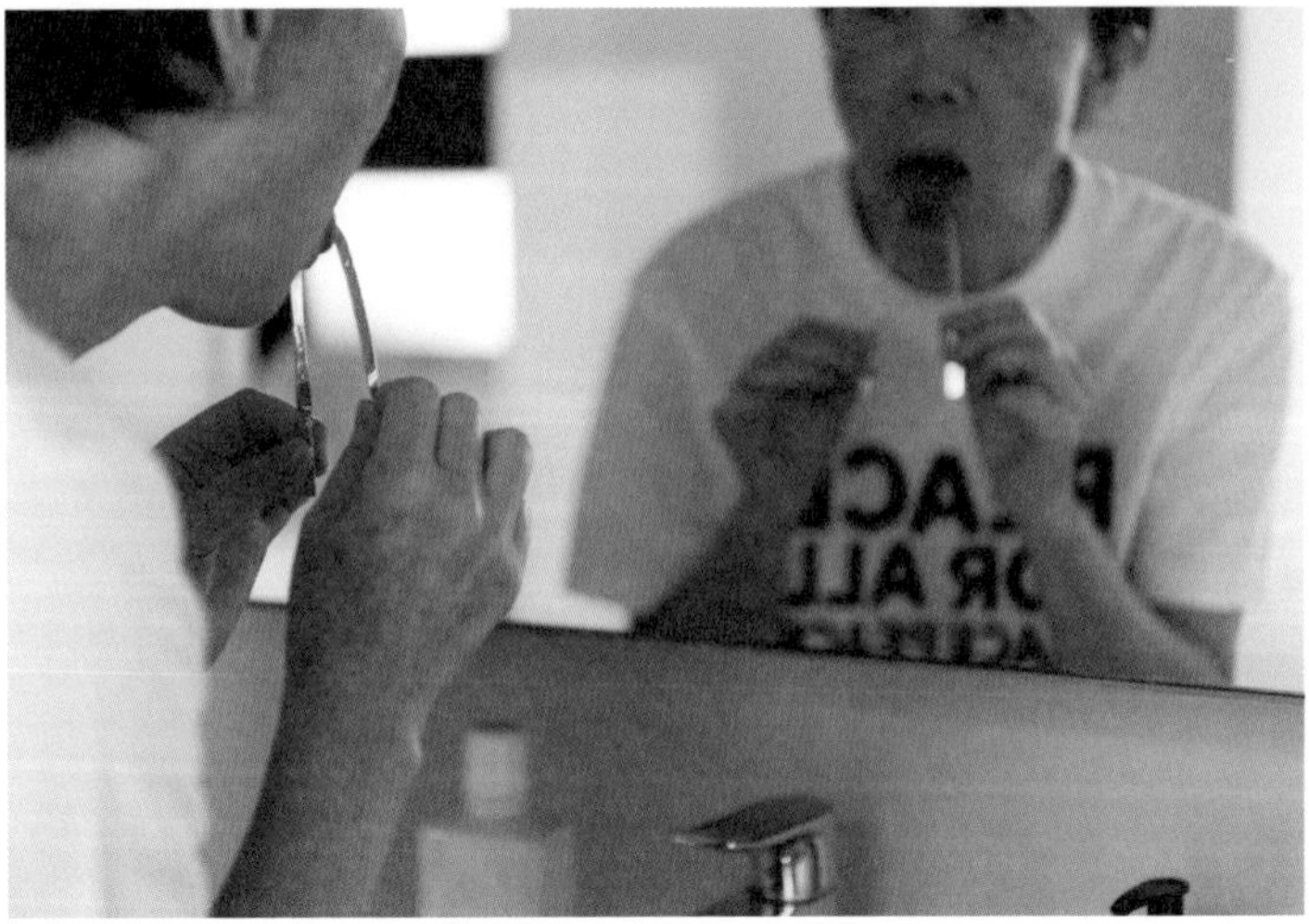

お湯がたまる間に舌の掃除と「ラクレッシュ」でうがい。寝ている間に口の中には菌がいっぱい、病気の原因にもなるそうです。
髪をブラッシング100回。
裸になったらまず、
JORDANIAN DEADSEA WATER でお腹や腰回りをマッサージ。

a.m.7:00

お風呂に持って入るパック剤。左からWaphytoのクレイマスク、CAC ハーモナイズパック、WHITEHOUSEのスパークリングドロップジェル。この3種類のうちから一つを選びます。
お風呂上がりは髪を乾かしてささっとお化粧、ピアスをつけて終了です。

a.m.8:00

朝食は季節の果物と玄米餅にのりを巻いて(海苔はいいものを！)。昨晩のお味噌汁があったら卵をおとして。紅茶は嬉野太田さんが作る和紅茶を。

夫が食器洗いをしてくれるので私は朝刊タイムです。

a.m.9:00

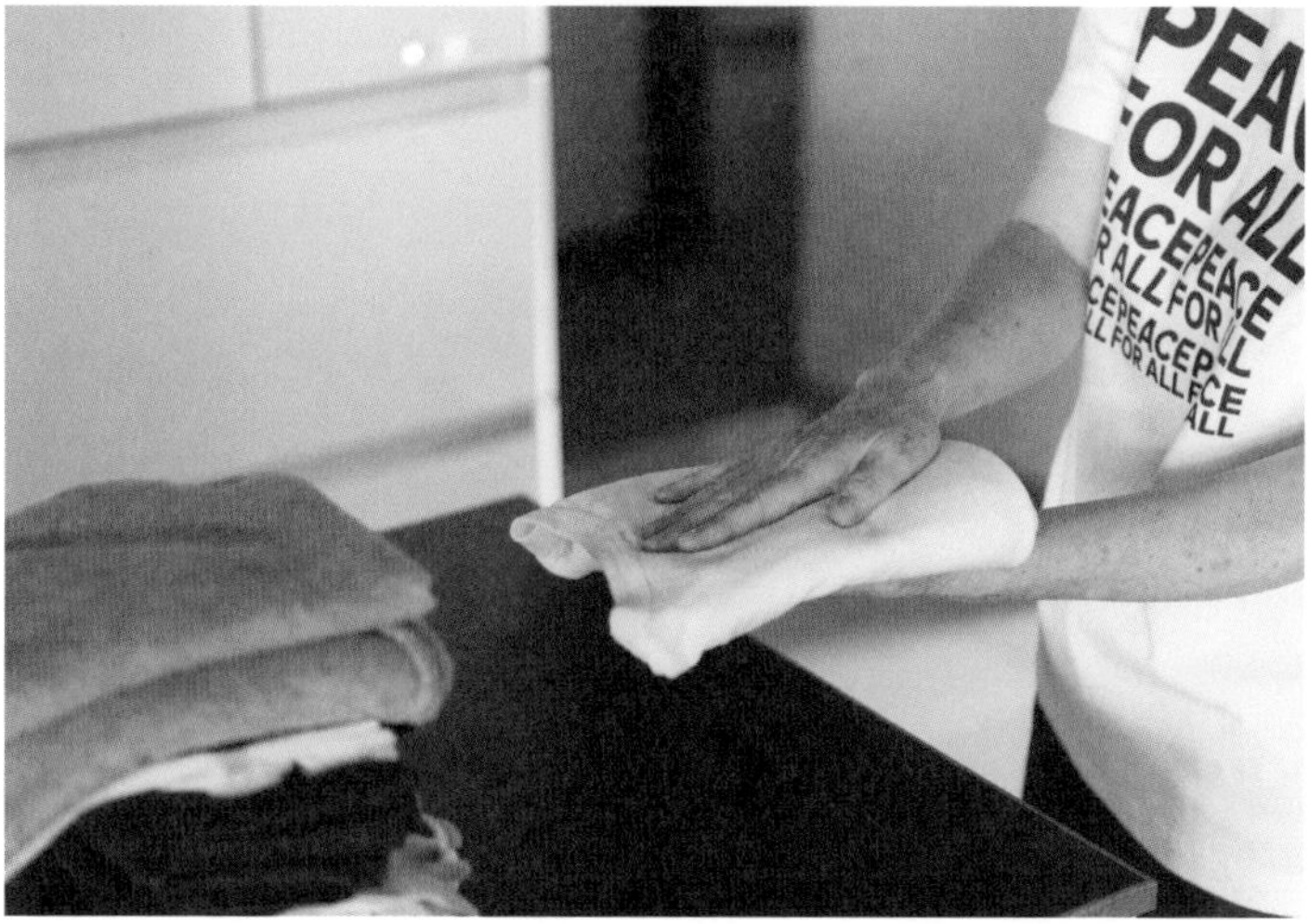

洗濯物を洗い終わったら、四角く畳んでパンパンパン！　こうするとシワになりません。
しばらく置いて夫が干します。ささっとトイレ掃除をしたらメールチェックです。

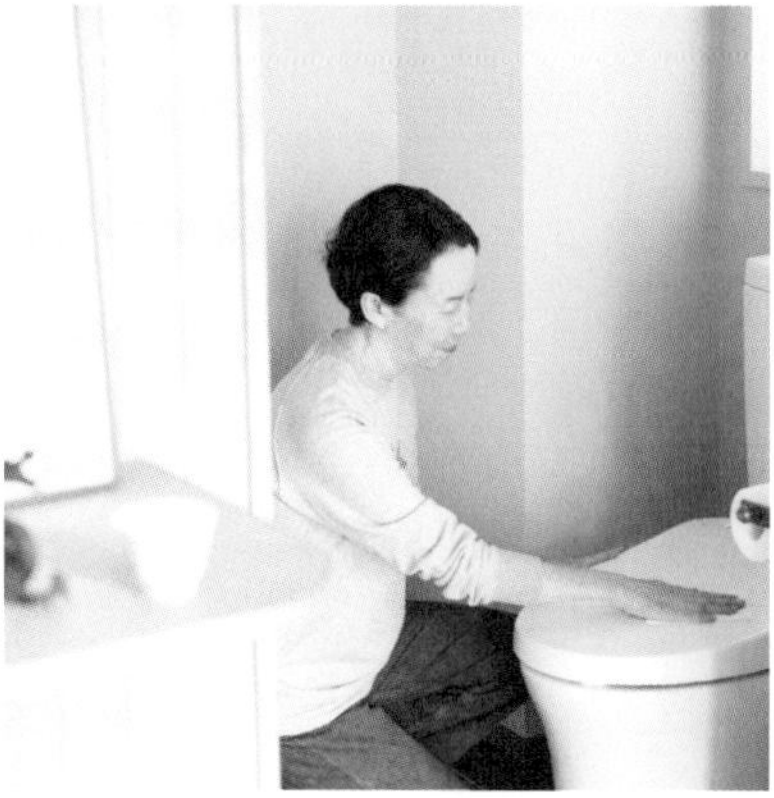

p.m.4:30

雲ひとつない青空も好きですが、季節ごとの空も見飽きません。

夏が終わって空が高くなる頃、風が強い日は雲が動いて空模様が一瞬で変わります。夕方の空をよく見上げているかもしれません。

p.m.5:00

夕方5時を合図に終業です。

今日の夕飯何にしよう？久しぶりにターセンの鉄火丼食べたいな、と会話しながら日本酒タイム。夕飯は７時頃。居酒屋の評判メニューの料理本から定番になったすりおろしニンニクと胡麻油の漬け丼は絶品です。

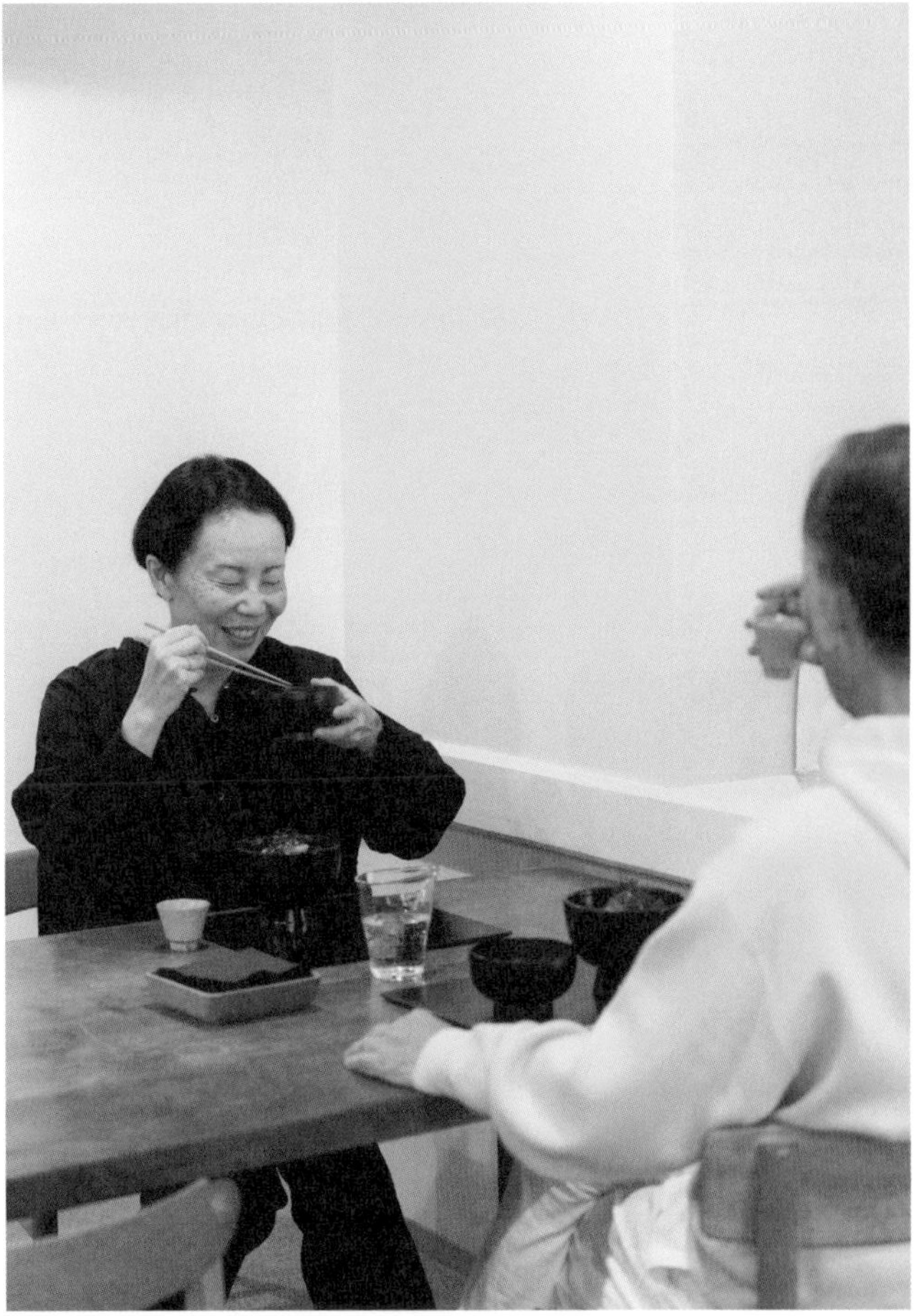

p.m.8:30

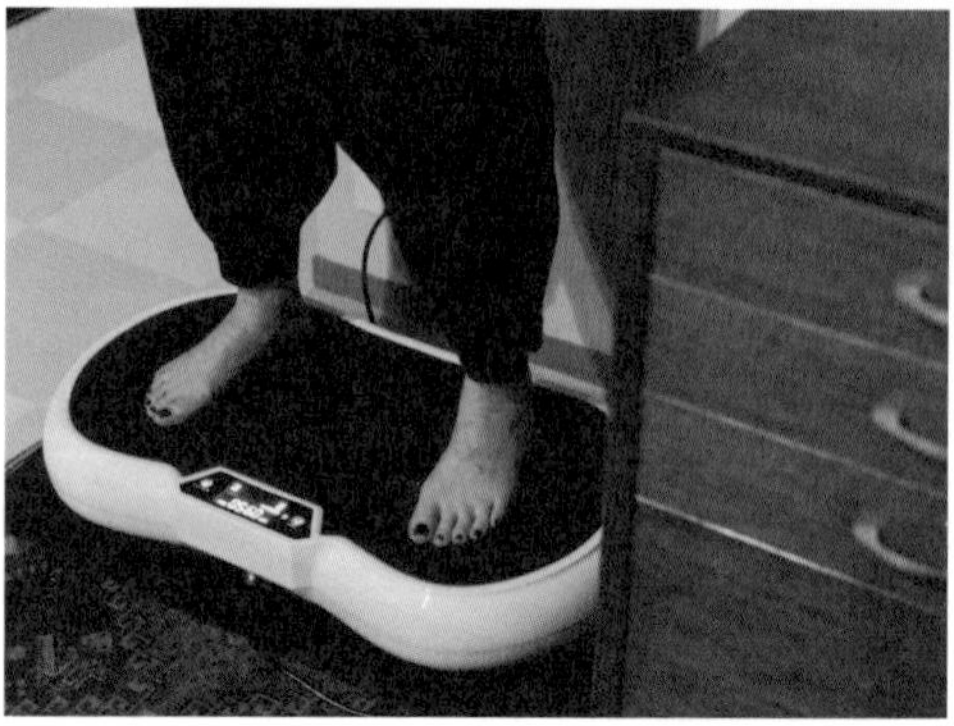

寝る前はぶら下がり健康器や振動マシンで軽〜くストレッチ。肩甲骨や骨盤周りを脱力するイメージです。
最近はまった韓国ドラマを見過ぎないように、11時過ぎにはベッドに入ります。おやすみなさい。

いい未来の予感

友人たちと集まると、もし次に生まれる国を選べるとしたらどこがいいか、という話になります。愛が最優先のフランスも素敵、食事のことを考えるとイタリアもいいなと好き勝手に妄想を膨《ふく》らませた後、やっぱり日本がいいかも！　ってなり、そうだねと全員一致の結論に至ります。

政治への不満、花粉の春や湿気の梅雨、東京の物価の高さなど言い出したらキリがないくらい問題は多いけど、それはきっとどこの国でも同じこと、自分が生まれた国がやっぱりいいと思うのは素敵なことだと思います。

その次は、どんな職業にもつける才能があったら何になりたいかというお題。そう、妄想は最大の娯楽、最高の酒のつまみなのでした。

ここにターセンがいると、大統領とか宇宙飛行士とか言われて、ふ〜んとその壮大な野望にテンションが少し下がるんですが、そんなことは気にせず、やっぱりここでも今の仕事が好きなんだよねという結論に至ります。

「好き」を仕事にできたら最高だし、それが少しでも世のため人のためになることならやりがいも大きくて、時々立ちはだかる困難に立ち向かうも、乗り越えた達成感で大満足の人生になるのです。わたしを含め、友人たちも今の仕事に生きがいを感じ、歩んできた今の人生を肯定できていると思うと嬉しくなります。

もし私がＣＡになっていたら（就職の年の採用条件に適合しませんでした）、もしターセンが希望のＴＶ制作会社に入っていたら（その年は募集なしでした）、そんな人生もあったかもしれない、でもこれで良かったと思えること。

パン屋をやりたいという思いの中には自分が美味しいものを食べたい要素が最大だったかもしれません。ずっとご飯を作って、家を整え、おしゃれや取り寄せを楽しんできた人生が今ここにいる私の仕事につながって、こうして原稿を書いていると思うと本当に不思議です。

最近はターセンにカーリンの趣味は「不動産とドライヤーだ」と言われています。空き物件が最大の興味。通りや街を作るのはそこで開くお店の要素が大きいものです。物件情報を拡散しては熱く勧誘しています。ドライヤーは美容家電の進化が著しく、美容家や友人が発信してくれるドライヤー情報に敏感かな。

好きをとことん積み重ねましょう。いつかそれが仕事になったらやっぱり最高ですから。

異国の暮らしを経験してみて①

夫の転勤先、サンフランシスコで暮らしたところは、会社の人で代々受け継がれた日本人コミュニティのある郊外で、湖のそばでした。

そこは同じ日本人同士でも出身地や職業、年齢もバラバラな異文化交流があり、とても有意義で面白い構成でした。

父親が医師の家庭の子供たちは、遊びも迷路やパズルが好きでなんとなく利発そう。銀行に旅行代理店、食品関係に放送業界と、なるほどといった特色を持つダンナ様たちの傾向もなかなか興味深いものでした。子供の年齢が近い親たちで集まっては、手に入りにくい大福やどら焼き、肉まんや春巻きを手作りしたのはいい思い出です。現地で取得した運転免許であちこち遠出もしました。若さゆえの怖いもの知らず、みんなを乗せてフリーウェイを飛ばすなんて、今考えるといい度胸です。「引田さんの運転が一番安心」なんて言われたことは、記憶の宝箱に永久保存です。

日本の慌ただしい暮らしから解放されて、どの家庭もちょっぴりロングバケーション感がありましたし、海外という緊張感からそれぞれの家族も一致団結していたように思います。

帰国してからは私も含めてそれぞれに山あり谷ありの人生でしたが、会えばあの時の開放感にひたれる大事な友人たち。あの時みた景色、あの時感じたことをつなぎ合わせて一瞬でワープできます。

引き合う人や土地、その不思議が本当に面白いです。

ああ、桜がもうすぐ咲きそうだと思った同じ窓を見ても、寒くて雨が降りそうだと言われたりする。人と暮らしたり、話すって本当に大事なことですね。

世の中は案外こうして縁のある土地や人、見る角度や受け取る自分によって、ガラリと変わるのかもしれません。

サンフランシスコ暮らしはシンプルで豊かなものでしたが、私はやっぱり日本が好きです。海外での暮らしがそのことに気づくきっかけをくれたことは間違いありません。

異国の暮らしを経験してみて②

私たちがサンフランシスコに転勤した40年前は、アメリカがとてもアメリカらしい古き良き時代だったと思います。日本にまだ上陸していなかったカリフォルニアロールやバナナリパブリック、ＧＡＰやＳｅｅｄ'ｓのチョコレート、サーティワンのアイスクリームなどなど、キラキラした西海岸の特色がいっぱいありました。

沖縄が日本に返還されたのは１９７２年のこと。私が小学生の頃、沖縄へ行くにはパスポートが必要だったんですよ。１ドルが３６０円の時代です。

戦争を知らない世代ですが、戦争をしたんだという記憶が今よりずっと身近にあったと思います。グローバル化と共に、日本には世界中のものがあふれ、世界がとても狭くなり、国の特色も薄れたように感じます。

引き継ぎや家を決めるために、先に渡米したターセンは、道を聞いた老人に背を向けられたり、ハワイが日本に取られたと思っている人がいたりして驚いたそうです。遠い昔のことのようですが、戦争の傷跡が身近に感じられた経験でした。

それでも西海岸はとてもフレンドリーで開放的な空気が流れていたと思います。海が近いこともあり、まるで日本の魚屋のような品揃えの車が週に一度移動販売に来てくれていました。

暮らしは豊かで合理的、でもそこに暮らす人たちは桐島洋子さんが書いた「淋しいアメリカ人」といった印象でした。スーパーでカートに入っているのは大量のＴＶディナー（ＴＶを見ながら食べられる電子レンジで温める機内食のようなもの）です。立派な御宅に招かれてもおつまみと飲み物ばかりで、暮らしている温度が感じられない家でした。どちらが良いとは言えませんが、小さい子供と川の字で寝るアジア圏、どんなに泣いても子供を個室で寝かせる文化、決して大人の時間を邪魔しない子供たちの光景は私の目には不気味に映りました。

今現在私たちは合理化に向けて全力投球です。無駄を省き、最短距離で目標達成。そこからこぼれ落ちる人や感情はどこへ行ってしまうのか気になります。

お金は大切ですが、経済が最優先ではない社会、今日のおかずが想像できる湯気や匂いのある台所、大切なものを見失わず、優先順位を間違えずに生きていきたいといつも考えています。

学校って楽しいところでしたか？

学校のことで一番に思い出すのは小学校給食の脱脂粉乳です。アルミの器に注がれた生温かいそれのことを考えると、今でも正直ブルーな気持ちになります。

昨年小学校に入学した孫に、給食どう？　嫌いなものも出るよねって聞いたら、嫌いなものは食べなくてもいいって！！！　なぬ〜、いつからそんなことが許されるようになったんでしょう。深刻なアレルギーを持つ子供もいるからかなぁ。

給食の時間が終わって、昼休みも終わるのに給食を食べ終われなくて残されてた岡本くん、どうしているかしら。

ぜひとも好きなものを自由に食べることが出来る人生を過ごしていて欲しいものです。

給食はどんなおかずでも食パン3枚がセット。そしてそれはもちろんトースターで焼いたりしないふにゃふにゃなパンにマーガリン！　なのでした。

男子は早く食べ終わって校庭を広く占領するためにその3枚を上から押しつぶして一気に食べてたなぁ。今パン屋をやっている私が、なんでもよく焼きが好きなのはこのトラウマに違いありません。それでも5年生くらいには瓶の牛乳になってホッとした記憶があります。

10歳以上年上の夫、ターセンに脱脂粉乳どうしてた？　って聞いたら、僕のこと好きな子がいつも飲んでくれてたよって……。

古い小学校の校舎は戦争中の空襲でたくさんの人が避難してきたとかで、歩くとミシミシ音のする木の廊下の効果もあり、寒くて怖い場所でした。

同級生のうちはほとんどの家が商売をしていて、会社員のお父さんはほとんどいなかったと思います。裕福な家も貧乏なうちもあり、先生ものんびりしたもので、クラス全員を家に呼んでくれたこともありました。

もちろんさほど深刻じゃない、いじめられたりいじめたり、無視されたり無視したりもありましたよ。振り返るとそういうことも含めて集団の中で生きることを学ぶ時間だったと思います。

あの頃に戻りたいとは全く思いませんが、子供ながらにいろんなことを我慢して頑張っていたんだなと自分で自分に感動すら覚えています。

くりかえし見たり読んだり
唱える言葉があります

いいなと思った言葉や文章は手帳に書き留めます。

2022年の手帳の1ページ目にある文章は、

「いるべきときに いるべきところにいて なすべきことをなす」

これは合気道の達人が合気道をやることの意味は？　と聞かれて答えた言葉です。力と力がぶつかり合うのとは少し違う合気道の世界。私の印象は相手の力さえも利用して最小限の動きで技をかけるイメージ。瞬時に多くの情報を処理して、最大の効果を上げるために鍛錬する、それはつくづく人生も同じだなぁと思うのです。

自分が選んだ場所で限られた人たちとの出会いがあります。いつ誰とどこで会うのか、そんな奇跡の点の積み重なりが私の現実を構成しているのです。

よく明暗をわけると言いますが、それほどはっきり自覚のない場面でも、自分のひとつひとつの選択が自分の人生を構築していると改めて感じるのです。

でも日々鍛錬している達人でも不運や怪我、病気になることだってあるでしょう。しかし彼らには清濁《せいだく》併《あわ》せて受け止める強さがあるに違いないと思うのです。

それほど体や精神を鍛えていない私がピンチの時にくりかえし唱えるのは、「なんとかなる　なるようになる」。

どこかで出会った軽やかな言い回しが大好きで、緊張する場面や追い込まれた時にくりかえしています。何事も始まったら終わりが来るし、明けない夜はありませんから。

改めて座右の銘は？　と聞かれたら、やっぱりこれかしら。

「未来は過去を変えられる」。

その瞬間絶望するほどのことが起こっても、この世界から消えてしまいたくなっても、もしかしたら未来の自分が、ああ、あの時間があって成長できたなぁ、よかったなぁ、感謝だなぁと思っているかもしれないなんて。そう考えただけで一筋の希望の光になりませんか？

自分が目にする言葉は限られていると思います。でもその中から珠玉の一文に出会った時は忘れないよう書き留めておきましょう。

繰り返し見たり、声に出したりしてみる。それは食べることと同じように必ず血となり肉となっていくはずです。

大人になった子供たちへ

21で息子を、23で娘を産みました。子供が子供を育てるような母親でした。

私なりに一生懸命でしたが、いつも「私がお母さんでごめんね」という気持ちが心の底にありました。子供たちが社会人になり、それぞれ結婚した時は、本当に肩の荷を下ろせたと思ったのは正直な気持ちです。

でも幾つになっても心配の対象であることには変わりなく、もうしっかり自分の足で立ち、自分の考えを持って生活しているとわかっていても、子供はずっと子供、その健康や幸せが気にかかります。

彼らが親になり、その関係性が少し変化しました。孫に対してターセンは相変わらず昭和の恐～いじーじですが、私は甘々です。

だって無条件の愛を注げるんですもの。もうたくさんダメって言う必要もありません。指しゃぶりもオムツも一生してるわけじゃないことを知っていますから。

自分の子育ては本当に試行錯誤で、常識や世間体が気になったけど、そんなことより孫が話すことを最後までよく聞こうとか、観察しよう、寄り添おうという余裕が生まれました。正解などない子育てですが、どんなに小さくても人として尊重すべきところはするべきなのです。

たとえ喧嘩しても同じご飯を食べていたらいつの間にか仲直り出来るものです。よほどのことがない限り絶縁や絶交にならないのが肉親のいいところかもしれませんね。

お互い面倒くさいと思っても、付かず離れずに。今や息子と娘は頼りになる話し相手、親友といったところでしょうか。長所も短所も理解しつつ、似ていて嬉しいところや嫌なところももはや笑い話。友人が学生の頃、なんでうちは門限がないのか親に聞いたところ、「信じてるから」って。そう言われてしまうとなかなか悪いことは出来ません。

万が一「信じてたのに！」ということになっても、私が信じると決めたことと、私とあなたを分けて考えることが出来たら、最強です。

君たちは望んだ人生を歩めていますか？

誰のためでもない自分のために人生を構築していますか？

そして関わる周りの人たちを少しでも幸せに出来ていますか？

疲れたら実家のご飯を食べに来てください。正しいとかそうじゃないとかじゃなく、君たちを受け止め寄り添う準備はいつでも出来ているからね。

食べもののちょっと切ない記憶
「ハンバーグ」

今日はハンバーグにしようと玉ねぎを刻んで合い挽きのお肉にパン粉と卵、よくよく混ぜてボウルに入れてラップをかけると必ず思い出すことがあります。

30年以上前、息子が幼稚園の頃よく遊んだ男の子がいました。夕方お迎えに行くと、ハンバーグの種が入ったボウルが台所によく置いてある家でした。野球少年のお兄ちゃんもいたんじゃなかったかな。

小学校中学校と学校が違って、それ以来会うこともなくなってしまいましたが、彼と同じ中学に通う子供のいる友人から、その子に不整脈が見つかって運動系の部活はもちろん体育の授業さえ見学しているというのを聞きました。

あんなに元気でやんちゃだったのに、さぞかし悔しい思いをしてるだろうなぁと胸が締め付けられたのを覚えています。

ところがしばらくして、その子が道で倒れてそのまま亡くなったと聞いた時には、本当に、本当に、驚いてしばらく言葉も見つかりませんでした。

こんなに簡単に、こんなに早く人生の幕が降りてしまうこと、ご両親はこれから先、心から笑顔になれることがあるんだろうかと思うと、ただいまと当たり前に帰ってくる子供たちのことが奇跡にも思えました。

いつもね、ハンバーグを作るたびにおばさんは君のことを思い出しているんだよ。食べ盛りの兄弟のためにお母さんがたっぷり用意してくれたハンバーグ。

きっと時々首に青筋立てながら、「またこれかよ」なんて言ったりしてたかな。もうとっくに生まれ変わって、飛んだり跳ねたり元気に走ったりしてるかな。

いつもこんなことを考えながらハンバーグの種をこねています。

だから私のハンバーグはちょっぴり切ない味がするんです。

食べもののちょっと切ない記憶
「しいたけ」

ある日、母が一袋ぜんぶのしいたけを網で焼いてレモンをぎゅっと絞り、たらりとお醤油をかけてむしゃむしゃ食べているのを目撃しました。

一体どうしたのか聞いてみると、バーベキューの夕飯に呼ばれたのはいいけれど、しいたけが自分に回ってこなくて食べられなかったというのです。だから一人で好きなだけ、思いっきり食べようと思って、と。

私と母は相性がいい親子ではなかったけれど、こういう変なところが似ていて可笑《おか》しいです。私も食べたい！　私にもちょうだい！　の一言が言い出せない。なんだかとっても意地汚いみたいで恥ずかしいと思ってしまうのです。

自由に取る大皿料理や大勢で食べる中華料理も実はとっても苦手。

どうぞどうぞと人にばかりすすめて、結局自分のお腹は中途半端に満たされないまま食事が終わるというのが毎回の構図です。

母も自分のことより人のことというタイプだったから、きっと自分の好きなものを好きなだけ、自分のペースで食べたかったんだと思います。

案外好きなものでも、一袋ものしいたけは多過ぎて、しばらく顔も見たくないなんてことになりかねませんが……。

切り分けるホールのケーキやプリンも、一度でいいから丸ごと一人で食べてみたいと思うものの、きっと最後まで美味しく食べられないことは想像できます。

美味しいを人と分かち合いたい。美味しいを誰かと共感したい。

そういう根っこを持ちながら、卑しい部分も消せないのが人間なのかもしれません。

野生の動物たちに肥満がないように、彼らは足るを知っています。人はなかなかそうはいきませんね。好きなものをほどほどに、は理想ですが。

しいたけを見ると、誰かと楽しくご飯を食べて、みんなも自分も満足する食事会のことを考えずにはいられないのです。

死ぬまで続く人生学校

そもそも私は昔から、生まれてから死ぬまでの人生を学校ととらえているところがあります。

その学校の中でも大きく影響を受けたのは間違いなく高校の3年間です。全員女子という女子校の入学式の衝撃、敷地内に寄宿舎と修道院がある現実は驚きの連続でした。人生を神様に捧げた大人たちが周りにたくさんいるなんて。

なぜ？　どうして？　思春期の私たちには聞きたいことだらけでした。

ところがシスターたちは至って普通、一点の曇りもなく神様を信じていること以外は。買ってもらえなかったピアノを買ってあげるから、どうか思いとどまるよう説得されたとか、成績優秀であの有名人といつもトップを争っていた、なんて話を聞くと、人間らしさみたいなものを感じてしまいます。

迷いもきっとあったはずだけど、自分が決めたこと、その清らかな心や人格に思春期のタイミングで触れることが出来たのは一生の財産だと思っています。

学校は、博愛を理想に掲げながら、クラス分けは非情の成績順だし、問題がある子はそっと肩を叩かれて次の学期には姿を消している。宗教の授業でクラス全員に最高の得点を付けた神父様も次の年は無惨にもどこかへ飛ばされていました。

クールな傾向がある私は、納得のいかない理不尽さを経験してやっぱりこの世は修行の場なんだという思いを深めるのでした。

どんな人もこの人生学校を卒業したら、きっと神様の光に包まれるんじゃないかと信じるようになったのもこの頃です。理想と現実、光と影、両方あってこその人生学校なんですから。決められた時間割、決められたカリキュラム、そういうものを一つずつクリアしながら成長することは、まさに壮大な人生ゲームのイメージです。

時には振り出しに戻ったり、飛び級しながら一喜一憂するのです。

どこも痛くない、誰も苦しまない平和な世界に憧れながら、どこかでそれはこの人生学校を卒業した先にあるんじゃないかと思っています。わからないからこそ、自分で考え、選択することが大切です。

小さい頃から学校という集団生活で揉《も》まれたおかげで自分でいろいろ考え、自分なりの思想が構築されたことを実感しています。

バトンを渡していきましょう

なんとなく、いつのまにか知っていたということの多くは家族や親戚、友人や知人との日常会話の中から得たものがほとんどだと思います。わざわざ学校で教えてもらうほどのことではない、日常のあたりまえはいつも暮らしの中にあって、年長者から受け継がれていたと思うのです。食べ合わせが良くないものや、一歳未満にハチミツは厳禁だとかね。

家の中には電話が一台だけ、聞くでもなく会話は耳に入り、電話を切った途端、大人にお父さんお母さんではなく、父、母と言いなさいと注意されてそうかと覚えました。家の中にテレビは一台。もちろんチャンネル権は子供にはありません。興味がなくても父が見る夕飯時のナイター中継で、野球のルールがわかるようになったものです。

現代は電話も各自一台、テレビやパソコンもそれぞれが持つようになり、食事さえ各自のスケジュール最優先で、好きな時間に好きなものを食べる家庭も少なくないと思います。そうなるともう興味のないことの情報が入るタイミングがまるでないということになってしまうんですね。

自分の会社の上司のことを社外の人にさん付けで話し、しかも尊敬丁寧語！　注意されても何が悪いのかピンとこないのが今の若者の正直なところかもしれません。待望の子を授かり、夫婦でシャンパンで乾杯しましたと言われてびっくり。妊娠したらアルコールはダメなんだよ、もちろん授乳中もねとあわてて言いました。パン屋で働きたいとやってきた若者から開口一番、残業はどのくらいありますかって聞かれたり、先日も在庫を確認してくれた販売員に「それっぽいのがありました」って言われて驚きました。

う〜ん、知らないんだよね、誰も教えてくれなかったんだよね。

こういう話をすると出るわ出るわ、友人知人たちもびっくりした経験談が満載です。家の中でいろんな世代が会話を交わす機会が少ない上に、社会に出ても新人の研修や教育時間もなく現場に出される若者たちは本当に気の毒だと思います。そこで私は見聞きしたびっくり話をたくさんの若者と共有するように心がけています。年長者がそうすることで、それはおかしいんだな、変なんだ、気をつけようと思ってくれればいいことだから。もちろん私もいっぱい変なことを言ったりしてきたと思います。でも順繰《じゅんぐ》り渡されるバトンで、教科書やテストに出てこなかったいろいろを受け取ってきました。

バトンがぷっつり途切れてしまっている現代、ここはひとつ昭和の人間が勇気を出してお節介する大切さを感じています。

縁・円・塩

これまでたどって来た道筋を振り返ってみて、人生に最も大事なものはこの三つ、縁・円・塩だと思っています。

この時代、この親の元に生まれてきたのは自分が選んだにしても引き寄せられたにしても偶然だとしても受け入れた方がいい、変えられない事実です。そしてそれが人生最初の縁。

そこから友人や先生、伴侶となるひとやその家族、何を仕事にするのかどこに住むのか、その都度その都度関わる人やモノ、土地や環境と縁を結んできたのが私の人生。会ったこともない知らない人から仕事の依頼メールをもらう時、どこかで言った私の言葉が、どこかに書いた私の文章が軽やかに光の粒となって、誰かに届いたのかもしれないと思わずにはいられません。

吉祥寺に住んだこと、吉祥寺でパン屋とギャラリーを始めたことで、今までの自分がいた小さな縁のサークルが無限に大きく広がったような感覚があります。

そして円、お金も人生を大きく左右するものの一つですが、決して裕福な訳ではない若者から驚くほどの豊かさが感じられることがあります。

前世からの育ちの良さか、位の高さが滲み出ているような品格を感じる時があります。彼らは人生の一番の目的がお金ではなく、全くお金に振り回されていないのが共通点。いいものや美しいものが大好きで自分が出来ることを人や世の中のために精一杯出し惜しみせず尽くしていたりするのです。お金は出たり入ったり、しがみつくものじゃないことをよく理解していてとても気持ちがいいです。

こんなことを言ったら感じ悪いかもしれないけど、私は不思議なことに欲しいものが手に入ります。いいなと思っていてもなかなか手に入れるのが難しいものをポンともらったりして、びっくりすることがあります。そこには誰かを喜ばせたいとか誰かのためにと思って私が飛ばした何かがぐるぐる巡って、私のところに来てるんじゃないかと思ったりしています。

浪費とはちょっと違うんだけど、お金を循環させるのって本当に大事だと思います。

そして、塩。何はなくても食べるもの。何を食べるかは本当に大切。自分が美味しいと思うものを、一人でも大勢でも気持ちよく食べることで体が喜ぶのを感じて欲しい。

この三つのバランスが取れていれば、人生ほぼほぼだいじょうぶだと信じているのです。

見えなくてもそこにあるもの

我が家はしっかり頑丈《がんじょう》な作りだと思いますが、一階にすむ私たちにもしっかり三階の元気な孫たちの足音が聞こえてきます。

先日も、卒園後の大集合で10人以上の怪獣たちが遊ぶ足音は、それは凄まじいものでした。保育園の騒音に近隣の人がクレームを言うニュースに、その人も昔は子供だったのにねと思った自分を大いに反省しました。これが日常だったらたまりません。何事も程度問題、歩みよりは必要です。

日頃はおお帰ってきたな、今日も元気だと思う足音が突然なくなると、具合が悪いのかな、また外食なの？　と気になってしまうから勝手なものですね。

我が家は賑やかな吉祥寺の通りから一本入った便利な場所にあります。

街中《まちなか》でもスズメは集団で賑やかですし、ハトは巣作りに小枝探し、シジュウカラにヒヨドリと生き物たちの気配が日常にあります。

一階ならでは、庭を横切る野良猫もいて、モンシロチョウに黒アゲハ、家の中ではヤモリや蜘蛛《くも》も頻繁に目にします。生き物たちの気配が日常にあるのは有難いことだと思っています。時に大行列のアリさんには、自然由来のアリ退治を置いて退散していただいておりますが。

先日ターセンが一泊で釣りに出かけた折、少しボリュームをあげて好きな音楽のCDをかけていました。それがいつもと違うと感じた三階の娘夫婦が、夜になってもターセンの車が戻っていないことを心配して訪ねてきました。

「何かあった？　喧嘩《けんか》した？」って。もちろん笑い話になりましたが、こうして気配を気にしてくれていることに感謝です。

家族はもちろんですが、ご近所さんもいつも見かけていた方がいなくなると心配します。

親しいわけではなくても、こうしてお互いに見守ったり見守られていたりするんですね。

早朝に出勤する友人は、同時刻に黙々と走る小学生を見守っていて、成長とともにいい走りになっていることをとても喜んでいました。

言葉を交わすこともない人たちだけど、この場所で同じ時代を生きていて、ちょっと応援したりしていることがすごくいいなと思います。

あなたは気づいていないけど、あなたの街にもそっとあなたを見守って応援してくれている人がいるかもしれません。

サンフランシスコにいる時に、おっとりのんびりとした優しいお嬢さんがいる友人が武蔵野市に新しく出来た自閉症の子供たちと健常児が一緒に学ぶ学校の話をしてくれました。まだ自閉症についてよくわかっていない時代に、どうも人とはちょっと違う子供たちを受け入れた幼稚園の先生が創設者の北原キヨさんでした。

キヨさんは子供たちをぎゅーっと抱きしめ、疲れ果てた母親たちを労《ねぎら》いました。今でこそ理解が深まっていますが、当時は育て方が悪いのではと母親自身も自分を責め、世間の人からも冷たい目で見られることが多かったようです。

日本は島国なので異文化と無理に交流する必要に迫られなかった歴史もあり、人と違うことにとても敏感だと思います。

健常児と自閉症児が共に学ぶ幼稚園や小学校を作るときのご苦労は計り知れないものがあります。混合教育のメソッドを確立し、内外に協力を求めてスタートした武蔵野東学園、そこにその考えに賛同する若い先生たちや父兄が集まったことは言うまでもありません。

創生記に近いその時期に子供たちが通えたのはラッキーなことでした。

ジャガイモの水栽培の水を飲んじゃった子がいたよ、電車の吊り革にぶら下がって左右にぶらぶらしちゃって大変だったと、毎日いろんなことを報告してくれました。一日中耳たぶを触られて、片耳だけ真っ赤になって帰ってきたりと、同じ学校で子供たちは共に成長していきました。

小さい頃から本当にいろんな人がいること、自分ができること、力を貸せることを自然にできるようになれて本当によかったと思います。

すっかり中年の域に手が届く息子や娘は決して博愛主義ではありませんが、「偏見」はかなり小さい方だと思います。過労のため早逝されたキヨ先生の夢、健常児のためにボストンに高校を作るというのは実現しませんでしたが、幼稚園、小学校、中学校に通い、人として揺るがない基盤のある子供たちが、今、親として一生懸命子育てしていますよと天に向かって報告したいです。

友人に聞いた話で繋がった子供たちの学校が、私を吉祥寺という街に導いてくれたのです。

なんだかいい未来の予感がします

たまたま食事の席が男女に分かれたりすると、6歳の孫がすかさず、男チームと女チームだと言ったりします。

彼にとっては見たままをそのまま口にしただけなんだけど、だんだん時代とともに、男だから女だからという区別をやめていこうとしているから、親たちはそういうことは言わないほうがいいと過敏に反応しています。

男の子は恐竜や乗り物が大好きで、女の子はプリンセスに憧れる、そういうことを一括《ひとくく》りにせず、○○さんは○○が好きなんだよねという、個人としての嗜好や傾向として話すのが正しい世の中になるんだろうな。

頭ではわかっているつもりでも、本音は男の子ってなんで無意味に走り回るんだろう、女の子は小さい頃からお母さんみたいな口調になるよな、という共通認識があるから、そうそうと経験者同士うなずけたりしてややこしい。

たぶん今は、過渡期というのか、いろいろ試行錯誤の時で、間違いながら、おっと今のはアウトだぞとか練習を積み重ねていく時なんだと思う。

自分がマイノリティの立場だったらやっぱり傷つくことも多いだろうし、どんな自分でも正々堂々と生きていける世の中をみんなで作ろうとしている時だから、間違ったらごめんなさいと謝って、修復すればいいと信じていたいです。

男らしさや女らしさを一括りに求められた時代は終わりを告げて、同性の両親を持つ子供がいても、ふ〜ん君んちはそうなんだねって、偏見を持つことなく、その話がそこで終わってしまう、そんな時代がきっと来るはず。

だってね、通りかかったレストランの主人がとってもとっても体格が良くて、通り過ぎてから「すごく太ってたね」って言ったら、6歳に「カーリン、そんなこと言っちゃダメだよ」って叱られた。

なんだかいい未来の予感がした一瞬でした。

私には一人の静かな時間が必要です

雨の日の誰もいない公園を眺めるのが好きです。

日ごろの喧騒《けんそう》もなく、ほっと一息つく呼吸が聞こえて来るような静けさです。晴れた日には、駆け回る子供たちや肩を寄せ合う恋人たちをそっと見守りながら、袋いっぱいのどんぐりや冠《かんむり》にするシロツメクサを無償の愛で提供してくれる草木たち。どっしりと根を張った老木は一人一人の喜びや悲しみをわかっているよと包み込んでくれるかのような佇《たたず》まいです。

自分の人生や暮らしに家族や友人たちは大切で欠かせないものだけど、それと同じくらい私には一人の静かな時間が必要です。

孤独というと深刻な側面が際立つ気がしてしまうけど、一人に戻ることで雨の日の公園のように自分をリセット出来るように思います。

私にとって言葉では言い尽くせない、文字では書ききれない感情がいつも胸底にあって、他者がいることでどんどん言葉が滑ってしまう、そんな時があるのです。嘘じゃないけど真実とはちょっと違う、そんなものがたまってきたら一人になりたいなって思うのです。ものを生み出す作家さんたちと知り合うギャラリーというきっかけが出来て20年が経ちました。多彩な人たちと話していると、情熱や行動力だけではない深い闇を彼らに感じることがあります。

しかし世に出る彼らは決してそれに取り込まれることなく、光に昇華して作品にしているということに気がついてとても嬉しくなりました。

彼らとの出会いは、人と分かり合うことは不可能かもしれないという諦めに光が差したと同時に、自分への肯定感に繋がったと言っても過言ではありません。

影があるから光が見える、悲しみを知っているから喜びが大きくなることを知りました。誰とも分かり合えないと孤独の沼に沈むことなく、分かり合えないことを知っているから言葉を尽くしてみようと勇気が湧いてきたのです。

誰も分かってくれなくても私は知っているよと自分を労る大切さは、一人でコツコツ物を作る孤独な時間があってこそ。

納得のいく作品で誰かが感動してくれる瞬間があることを体験させてもらいました。

地面に雨が染み込んでたっぷり休養したら、キラキラ輝く草木のように誰かの力になれるかもしれない、ということを作家たちが私に教えてくれました。

つまずいた時の手当の方法は、案外たくさんあるものです

つまずいたり、壁にぶつかったり、うまくいかないことって重なりませんか？

そんな時イライラしたり落ち込んだりするのと同時に感じる思いがあります。何だか私生きてるなぁって……。

悩みもなくていいことばかりが本当に幸せなのかは疑わしい。

困難を乗り越えた先にある達成感、喧嘩してこそ深まる友情や絆があることを私は知っています。もちろんどれも程度問題ではありますが。

痛みも苦しみも無くなるというのは、肉体を失った先にある天国、死後の世界かもしれないなと思っています。複雑な思考回路や想像力を持った人類は、なかなか本能の赴《おもむ》くままに生きることができません。何とか怒りを隠して平静を装ったり、泣きたいのを我慢して生きています。小さな子供でさえクールな子がいると、出せない感情の行方《ゆくえ》がとても気になります。そんなことを考えているとシンクロするように読みかけの本に似たような文章を見つけるから不思議です。

「結果的に完璧ではないことがむしろ人として完璧なのだと悟る修行の場」と書いたのは、長島有里枝さんの『こんな大人になりました』。思い通りにいかないあれこれを頭と体を使って何とかすることに生きる意味があり、他者を思いやることにつながっているのだと共感しました。

そういう別の視点を持つことで、深い悩みの沼に飲み込まれることなく生還できるんじゃないかと思います。どんなに悲しい問題が起きてもお腹は空《す》くし、眠らずには生きていけません。そしていろんな意味で強くなくては他者に手を差し伸べることさえできないのです。

意識も感情も目に見えないと思っていますが、物理の量子力学的には光の粒子＝フォトンが体から放出されていることはすでに証明されているそうです。そうならば、「きっとだいじょうぶ」「何とかなる」という思いが、言葉が大きな意味を持ちませんか？

若い頃、無闇に「だいじょうぶだよ」を連発する夫に、じゃあ私がどうなればだいじょうぶじゃないんだよと腹立たしい思いをしましたが、無意識に魔法の言葉を振りかけてくれていたのかもしれません。

完璧じゃない自分も人も愛おしいと思えたら素敵です。つまずいた時の手当ての方法って案外たくさんあるんです。

なりたい職業は
生活アドバイザーです

娘が小学生になったのと同時に絵本と玩具を扱うお店で、アルバイトを始めたのは30年以上も前のこと。10時から14時ごろまでの短い時間でしたが、久しぶりの外仕事は自分の内側がみるみる潤《うるお》うようなとても新鮮な感覚でした。

大量に届いた絵本を検品して、お客様からの注文分は入荷の電話を入れ、学校からの注文分は納品伝票を書きます。他の本は作者やジャンル別になっている棚に入れるのがだいたい午前中の仕事です。

その間もちろん接客したり、プレゼント包装したり、やることは山のようにありました。そこは何しろ私が最年長、と言っても30そこそこですが。

20代前半の若い人たちは結婚や子育てに興味津々です。どうやったら彼が出来るのか、付き合い始めた彼の言動はどうなんだろう、自分の人生がこれからどうなっていくのか、彼女たちの悩みは尽きません。

その中でも印象的だったのは、お付き合いしていた人と結婚を決めて、いざ実家へ行ってみたら、びっくりするくらい散らかっていて片付いてないどころか、こたつに足を入れたくないと思うほどだったとか。

　そして出てきた食事が、スーパーのお寿司がパックのままだったそうです。結婚しようと二人の間で約束していたのに、なかなか実家に呼んでくれない理由がわかりましたと困惑した表情が思い出されます。

　結局その人とはうまくいかず、別れることになり、別の人と結婚しましたね。そんなふうにいろんな相談ごとにアドバイスしたり、自分の経験を話したりしていると、人生全般のアドバイザーになったらいいんじゃないかと言われたりしていました。

　こうして本を出したり、取材を受けたりしている現在、似たようなことをやってるのかもしれないなと思ったりすることがあります。

　人にとっては些《さ》細《さい》なことでも自分にとっては一大事です。ましてや人生を共にする覚悟と決意はやっぱりひっかかりがない方がいいですよね。

　もちろん人と暮らすということはいいことも嫌なこともたくさんあります。ターセンと何かのことで口論になって、売り言葉に買い言葉、「何冊か本を出したくらいでいい気になるなよ」って言われました。びっくりでしょ。

　その時は驚くし悲しいし腹も立ったけど、そこは結婚40年、時間が解決してくれました。

しばらくして独り言のように「一番怖い感情は嫉妬だな」とつぶやくターセン。彼なりに思うことがあったんでしょう。そこをね、信じられないとか、そう思ってるから口から出るんだと深掘りしても負のスパイラルに巻き込まれるだけなんです。思っていたかもしれないけど、吐き出せて俯瞰《ふかん》できたならそれでおしまい。

私も忙しくて冷たいところがあったかもってお互い様だったとちょっぴり反省。ここが家族になった強みなんじゃないかな。絶交したり疎遠になったりせず、いつの間にか普通に喋って普通に笑ってる。いつの間にか笑い話になっています。

いいところも悪いところも、変わらないけど楽しくやっていけたらいいなと思っています。

おわりに

何がどうなっても「だいじょうぶだよ」としか言わない夫に長年あれだけ腹を立ててきたにもかかわらず、自分の本のタイトルに「たぶん だいじょうぶ」とつけようと思う日が来るのですから、人生何がどうなるか全く予測がつきませんね。

還暦をとっくに過ぎた私ですが、果たして想像していた精神的にも経済的にも自立した大人になれたかどうかは自信がなく、こんな私でいいのかといつもどこかで不安を感じながら、「ま、たぶんだいじょうぶだよね」と呪文を唱えているのです。

10年前に骨折して手術、入院、リハビリと不自由な日が数ヶ月続きました。

手術しないと歩けるようにならないと言われたにもかかわらず、手術は順番待ちで自宅待機の一週間。まさに不安に押しつぶされそうでした。

当時を思い出すと、ＡＫＢ48の元気な歌と踊りの動画を繰り返し見ていたことが思い出されます。熱烈ファンというわけではなかったけれど、ピチピチ若さあふれる集団の声と踊りが放つエネルギーが私にモリモリ勇気と希望をくれました。

遠い昔、廊下でピンク・レディーを踊る同級生の輪に入っていけなかった私ですが、本当は私にも教えてと言いたかったのかもしれません。

そしてコロナからのなんとも言えない世界中に漂う不安、２０２３年の終わらない猛暑。息切れしそうな時に本書の編集、小宮さんにきっと好きですよと勧められた韓国ドラマ「秘密の森」を皮切りに韓流の沼にハマり、暑い一日を乗り切ったご褒美にと毎夜友人のおすすめを見ることが私の楽しみになりました。

そうなんです。本当にいろんなことが私のだいじょうぶを支えてくれています。いいな、楽しいな、美味しいな、のカードをたくさん持っているって大切なんです。WBCのJAPAN優勝も感動でしたし、甲子園の慶應高校優勝も胸が熱くなりました。それぞれ一人一人の人生にドラマがあり、栄光もあれば挫折もある。どんなに強く見える人だって、「だいじょうぶ」って毎日自分に言い聞かせているんじゃないかな。弱気で心配性ですから、言い切ることが出来ず、「たぶん」が付くのをお許しくださいませ。

今回もデザイナーの若山さん、カメラマンの砂原さん、編集の小宮さん、と前著と同じメンバーで本を作れたことを心から感謝いたします。タイトルを思いついた時に、引田さんが言いたいことってそういうことですよね、と全員が気持ちを受け取ってくれたことがとても嬉しかったです。

本の表紙になったガラス絵は、ギャラリーで何度も展らん会を開催しているイブラヒム恵美子さんの作品です。

温かな色調の家はそこに住む人たちを守ってくれているかのようです。

いろんなもの、人、ことに、助けてもらいながら今日もいい日になりますように。

本を手に取ってくださった皆様の今日一日、未来へ続く日々がだいじょうぶでありますように。

引田かおり（ひきた・かおり）
夫の引田ターセンと共に、２００３年より東京・吉祥寺で「ギャラリーフェブ」とパン屋「ダンディゾン」を営む。さまざまなジャンルの作家たちと交流し、美味しいと素敵を世に提案している。
著書に『「どっちでもいい」をやめてみる』（ポプラ社）、『SCRAPBOOK 私を作る愛しい日常』（清流出版）、『青空 そよかぜ 深呼吸 気持ちのいい人生の歩き方』（大和書房）などがある。
ふたりの光年期https://hikita-feve.com/diary/で日常のいろいろを発信中。

たぶん　だいじょうぶ

２０２３年12月25日　第１刷発行

著　者　引田《ひきた》かおり
発行者　佐藤　靖
発行所　大和《だいわ》書房
東京都文京区関口１-33-４
電話０３-３２０３-４５１１

写　真　砂原　文
カバー・ガラス絵　イブラヒム恵美子
ブックデザイン　若山嘉代子　L'espace
本文印刷　萩原印刷
カバー印刷　歩プロセス
製　本　ナショナル製本

ISBN978-4-479-78597-2

http://www.daiwashobo.co.jp